李守智　著

人在職場，如鳥在天空
偶有激情誘惑，更有失落無助，
甚至孤獨迷惘，但必須心懷藍天和遠方，
即使風雨飄搖，也要逆風飛翔！

# 逆風飛翔

# 序

　　心裡盤算寫一本書記錄大學畢業後坎坷曲折的工作經歷已經很久了，從大學畢業後第三年一晃已經到了畢業後的第十年。

　　人真正經歷坎坷和逆境的時候，其實並不一定覺得特別苦，雖然也會偶爾會覺得鬱悶受挫，但沒多少時間和心思去品味其中的滋味，只是一心想著怎樣盡快衝破困境。只有事後在回憶時，人才會去回味那些過往，或許很苦，苦到換成現在的心態或許不見得能熬過去，但其中也夾雜著甜，甜到感謝那段時間經歷的磨礪，感謝那個時候堅強勇敢的自己。

　　每個人的一生都有很多關鍵時期和轉折點，但具體到每個人又有所不同，有的人的關鍵時期和轉折點

是在兒童時期，有的人的關鍵時期和轉折點是在中學時期，有的人的關鍵時期和轉折點則是在大學時期。對於我來說，之前也有不少重大轉折，但研究生畢業後那幾年是我人生中非常重要的轉折時期。

我花了三年時間才基本上完成從學校到社會的過渡，這個過程顯然比同齡人長了太多，這也說明了我走的路比別人更曲折，當然不一定都是彎路，但的確辛苦得多。我付出了很多，也失去了很多，收穫的有形的東西很少，更多的是沉澱在心裡的無形的東西。不管是失去還是得到，是付出還是收穫，我都將之視為財富，並且是我將受益一生的財富。我慶幸我堅持下來了，沒有完全丟失最寶貴的自我。

或許時間久了，人會有意無意地將過往逆境經歷塵封於記憶裡，但什麼時候扒開，都那麼鮮活生動，一幕幕的場景如影像一樣在腦海裡放映。我真的怕哪天老了那些寶貴的記憶不再那麼深刻生動了，因此曾經有過無數次的衝動想要記錄，但由於時間、地點、心情、水平等因素抑或借口而被一直擱淺。我也曾經做過嘗試，將這幾年的經歷簡單勾勒了一下，但終究太粗略而無法交代清楚，這塊石頭一直都掛在心裡卸不下來。又經過多年的充實、歷練、煎熬和徘徊，我

終於下定決心要仔細梳理那段過往。

有人將自己的一生濃縮為一部自傳，這在以前或許是名人才有的專利，因為他們的人生可圈可點，他們改變了社會的方向或加速了歷史的進程。有人是自作傳以永垂史冊，有人則是後人作傳以示懷念和學習。但即使是普通百姓，在生命到達最後一刻，也會在心裡盤點自己這一生。然而，那些都是歷史了，今天出書寫自傳的人，並不是個個都有豐功偉績或者文採過人，娛樂明星們記點流水帳也能出書而且賣得很好，儘管寫的是平凡事卻讓大家看到來之不易的真實。普通百姓也能成為草根作家，雖然普通但也耐人尋味。

碩士畢業時我已經25歲，經濟學碩士，一個高也不高、好也不好的學歷；生在農村長在學校以後要生活在城市，一種很尷尬的處境；外表冷漠，內心狂熱，一種很矛盾的個性；慾望很多，有點思想，也有點能力，卻缺乏開拓冒險精神和敢於擔當的心理素質，一種很迷茫的人生狀態……這一切注定了我的過渡時期要比別人長，要更曲折，但對於未來我還是充滿了信心。

80後面臨的生活環境和父輩們年輕時的處境截

然不同，因此我們的人生觀、價值觀和世界觀也迥然相異。教育體制改革和市場經濟發展的雙向作用下，人才需求在變化，學歷要求越來越高，學習成本也越來越高，莘莘學子的學業不僅僅是自我智力投入更是資本投資。我們畢業後並沒有穩定的工作和可觀的收入，沒有可以值得我們托付終身的單位和崗位，不穩定的壓力如影隨形。只有不斷挑戰新環境、高收入，我們才能在通貨膨脹以及房價居高不下等險惡形勢中生存，也只有經常變換環境才不至於窒息而死。因此，跳槽成了我們這代人的家常便飯，也是我們的一種生存常態。

從畢業以來，我們在與現實社會的摩擦和碰撞中，不斷受挫、不斷失望，同時也不斷挑戰、不斷改變，經歷了知識爆炸、學歷貶值、物價飛漲，特別是房價飆升，反覆徘徊於進入和逃離圍城，心態越來越浮躁，人則越來越鬱悶。

每個人都有或多或少的跳槽經歷，「跳槽族」的規模越來越大。我就是這個隊伍中的一分子，雖然最終並未沒落到自願失業回家「啃老」，但也將跳槽經歷演繹得淋灕極致。這期間經歷的辛酸、失落、挫敗以及來自各方面的壓力只有局內人才最清楚。「內憂

外患」之中我很慶幸自己始終沒有放棄，一直在這條崎嶇坎坷的路上狂奔甚至是「裸奔」，被很多人不齒和譏笑，也讓很多人感動我的這份堅持和執著。我就像一只在逆風飛翔的小鳥，雖然吃力，但因為目標和暫時的風向不和，所以注定不能妥協，只有逆風飛翔，在逆境中掙扎堅強，才能成長，才能到達目標。

雖然每個人的成長歷程和人生軌跡不盡相同，但人的生命週期卻大致相同；雖然每個人的人生觀、價值觀有所差異，但生活在同一個社會階層或處於相同年齡階段的人對很多事物的感悟和反應也大致相同。因此，儘管寫的是我個人的故事，但反應的卻是我們這個時代這種成長經歷的人們共同面臨的形勢和所處的狀態，只要我的故事能引起那些有類似經歷的人們的些許共鳴，這些記錄也就有意義了，或者能讓那些正在路上的人們從中吸取經驗和教訓，那就更好不過了。

記錄生活，感悟人生，邀你一起分享！

李守智

# 目　錄

1　稀裡糊塗的童年／1

2　懵懂的青少年時期／8

3　七年安逸的象牙塔生活／14

4　第一份非正式工作／21

5　畢業前的擇業糾結／28

6　初出茅廬（一）／34

7　初出茅廬（二）／38

8　初出茅廬（三）／43

9　三下工廠（一）／47

10　三下工廠（二）／54

11　三下工廠（三）／62

12　出師未捷身先死 / 65

13　餓馬先吃回頭草 / 70

14　感受空降的眩暈（一）/ 77

15　感受空降的眩暈（二）/ 81

16　自己將自己拉下「神壇」/ 85

17　空虛中誤入「歧途」（一）/ 89

18　空虛中誤入「歧途」（二）/ 93

19　偶遇「海歸」/ 97

20　閃別「海歸」/ 104

21　自欺欺人過年關與破罐子破摔 / 107

22　腳踩兩只船，手牽一根繩 / 114

23　邂逅「阿杜」/ 119

24　「小妖精」再上「神壇」/ 123

25　相見時難別亦難 / 128

26　才出「冷宮」又進「冰窖」/ 132

27　千回百轉進央企 / 136

28　鬼使神差是圍城 / 139

29　稀裡糊涂進高校 / 143

30　慌慌張張上講臺 / 147

31　柳暗花明又一村／152

32　跌跌撞撞上高樓／156

33　風平浪靜終無景／160

34　紅杏出牆未續春／165

35　清湯寡水過銀樓／171

36　南柯一夢終是空／176

致謝：十年／180

# 1 稀裡糊涂的童年

雖然本書重點要記錄我碩士畢業這些年的職場心路歷程，但交代一下過去還是很有必要的。

說到童年，其實不只是我的童年是稀裡糊涂的，絕大多數人的童年應該都是如此。

人在童年都是無憂無慮的，而且大腦發育不健全，思維和記憶都沒定性，只能留下模糊的記憶。年齡越大，腦子裡裝的東西越多，童年的記憶被擠出去的也越多，最後對童年的記憶，只能通過父母長輩親戚鄰居們的描述、泛黃的老照片以及腦海中殘留的碎片拼湊而成。童年也有些印象特別深刻的經歷，但好像絕大多數都是不堪回首的往事才會在腦海中留下一生難以抹去的記憶。

關於我的童年的記憶，可以歸納三件影響比較深刻的事情。

首先是我出生和成長的年代。我出生於 1979 年年底農曆九月，所以秋天是我很喜歡的季節。秋高氣爽讓人心曠神怡，春華秋實讓人感受豐收的充實和喜悅，同時也讓人多少有些多愁善感的憂鬱。我喜歡欣賞秋雨綿綿和秋風蕭瑟那種充滿殘缺的詩情畫意的美，同時我柔弱的身軀裡卻有秋菊傲霜的堅韌與孤傲。我的家人甚至我自己無數次拿著我的生辰八字去算過命，總體來說還不錯。其中非常特別的一條是說「很能讀書，是文人命運」，結果我的確跌跌撞撞讀了不少的書，但既沒成書呆子也沒成什麼大學者，最終是沽名釣譽，拿了個碩士的空殼還恰逢無人對文憑買帳的時代。

通過讀書，我一步步走出了窮山溝，見識了外面精彩的世界，雖沒得到「金飯碗」和「金鑰匙」，但也算拿到了一塊比較堅固的「敲門磚」。我沒有像村子裡面的同齡人那樣，十七八歲出去打工，二十歲完婚生子，不到三十歲就成了「成家立業」久經滄桑的中年人了。凡事都有兩面性，父母看著我這個曾經讓他們在村裡風光無限最終卻沒有衣錦還鄉，並且如

今年過而立依然孤身一人的兒子總是感慨萬千。思想傳統的他們或許更希望這個年齡的我成家立業和兒女成雙，可這世事終究都是很難兩全的。

其實村子裡和我生日差不多的人有好幾個，但大家的命運差別真的挺大，或許我們出生和成長的年代本來就比較特殊吧。1979年，中國剛剛開始了改革開放，充滿希望和生機，同時也充滿了挑戰和危機。父親的明智選擇和母親的勤勞讓我們家最早脫貧致富，從周圍鄰居中分化出來，我的命運也由此改變。其實所謂的明智選擇，就是我父親比其他村民更早走出去打工，接受外面的新鮮事物，從而比其他村民更重視教育，當時家裡也有條件供我讀書了。當然，我自己也很願意讀書而且還算有點念書的天賦。我的成長見證了改革開放的進程和國家的變化，享受了改革開放帶來的好處，比如經濟發達、物質生活改善、接受更為先進的教育、擁有更為開放和自由的成長環境等，也經歷了隨之而來的一系列挑戰，比如大學擴招、知識爆炸、競爭日趨激烈、城市房價飛漲、生存壓力增大等，當然這些都是後話。

其次，就是我二叔賜我的那一大勺油。雖然改革開放開始實行土地承包責任制，但剛開始農民的生存

環境還是非常艱苦的，農村進行土地經營體制改革沒能馬上解決農村人多地少以及生產效率低下的問題。我就生在一個不大不小的農村大家庭，父親兄弟姐妹六人，他排行老大，我最小的姑姑大不了我幾歲，再加上奶奶體弱多病很早就過世了，家裡的處境多麼艱難可想而知。完全不像現在的孩子們一出生就是爺爺奶奶等長輩們的心肝寶貝，從某種程度上講，我的出生並沒有給這個家庭帶來多少快樂和幸福，反而是增加了一張嘴巴、一個負擔。

當然那種狀況在那時的中國，特別是中國農村相當普遍。生存環境差是誰都不願意接受卻又無力改變的，而生存方式也是更多是一種動物或者習俗的本能，到了年齡就該結婚生子繁衍後代，根本不會像現在的人在生孩子之前要準備好物質條件以及做好心理準備。

當時大家庭裡和我父母年齡比較接近的就是我的二叔，矛盾也比較多，經常因為家務分工和飲食分配產生分歧。其中，很多時候都是因為我，於是二叔對我「懷恨在心」是理所當然的事情了。當然或許這只是我現在的猜想，即使如此也是因為他少不更事或者環境所逼。大約在我一歲多的時候，有一次家裡的

大人都上山務農去了，留下二叔在家煉制豬油兼照看我。當時農村平時很難得吃肉，油水也是稀罕物，再加上我年幼，聞到香噴噴的油香可能是吵著吃東西，二叔不耐煩就舀一大勺不知是給我喝的油水還是不知幾成熟的油渣給我吃……事情過去這麼多年已經很難查證了，但據我現在的判斷分析，二叔更多是屬於不懂事或者為了發洩煩躁和鬱悶，結果卻很嚴重，大人們很生氣。

當時每年宰殺的一頭豬身上的豬油可以說是一大家人一年的「口糧」之一，可見其「營養」和「功效」之強，再加上半生不熟的火候，對於一個幼兒來說，無非是一劑「毒藥」，我吃後上吐下瀉一個月不止，本來白白胖胖的身體從此變得瘦弱，即使後來家庭條件改善了想盡千方百計彌補都無濟於事。我瘦弱的體質從此根深蒂固，以致後來經常有人嘲笑父親這位當地首個萬元戶養個兒子骨瘦如柴弱不禁風。即便如今都這麼大了，每次和親戚們見面，他們必對我說的一句話就是「你最近又瘦了」或者「你身體稍微好點了」諸如此類的話，我父母對我身體方面的關注大過對我其他任何方面的關注。現在有時候想想，能維持這麼好的「身材」還得感謝我的二叔，

但個子偏矮以及很多歷史遺留問題卻影響了我的一生，包括後來的入學、就業甚至是婚姻。當然我也沒有怨怪誰，或許這就是「命」吧，很無奈卻也只能面對和接受。當然我那曾經極度壓抑和鬱悶的二叔，後來發達了，或許因為年少時吃過的苦太多，後來有錢了就變得花錢大手大腳，特別是飲食上更是大吃大喝，誓要彌補饑餓的青春留下的遺憾。雖然大家見面時不提那些往事，但每每提到我的身體不好時，他或多或少有些自責，對我也還算關愛有加。

最後就是我的藝術夢想和特質。前面提到過大我幾歲的那個姑姑，她對我影響蠻大的。因為小時候院子裡人不多，同齡人更少，我更多時候就是跟在這個姑姑後面干家務和農活，所以她們會玩的、會唱的，我基本上都會，再加上我長得眉清目秀且消瘦，那時候很多人笑我是假女孩。其實這很傷我自尊，我暗暗發誓要用優異的成績來回擊那些嘲笑我的人，讓他們對我刮目相看。總體來說這種影響是深遠的，以至於在很長一段時間內我喜歡在家干家務而不喜歡出門拋頭露面，家裡來了生人也會緊張害羞。但我的藝術種子也是那時候埋下的，我現在依然能反串女聲，唱得足以以假亂真。我從沒刻意去訓練過，雖有這方面的

天賦，但我恥於發揚和展現，要是有條件學學戲曲，也許我會是不錯的青衣或花旦。同時，我對藝術和審美有一種與生俱來的敏感，即使我從來不去刻意關注娛樂圈發生的那些事，我卻能有意無意地捕捉到那些資訊，能很快捕捉到流行趨勢；即使我沒學過影視評論，我卻也能看影視作品時比別人讀懂更多潛在的東西。因此，我現在的愛好和想法都比較偏文藝，特別是寫娛樂評論文章基本上不用打草稿、查資料，能一氣呵成，並基本準確。這些勉強算得上的藝術特質和天賦或許就是在我童年的時候埋下的種子。

## 2　懵懂的青少年時期

　　比起童年時期，青少年時期的記憶就要深刻和豐富得多，但現在回想起來，概括起來還是懵懂，如夢如幻，既有漸漸遠去的真實，又有近在咫尺的虛幻。雖然這應該是很多人青少年時期記憶的色彩，但我的這種色彩似乎更濃一點。

　　總體來說，我青少年時期的十二年過得還算比較平順，沒有像有的孩子那樣坎坷多磨，甚至連很多人都有過的青春狂躁和叛逆我仿佛都沒有。我不是娃娃臉，但容顏卻被定格一樣，總是那麼嫩嫩純純的，然而心智好像未老先衰。我在鄉下方圓幾裡都是出了名的特別懂事，特別能體諒父母的苦衷，盡量不惹是生非，努力搞好學習。儘管我一直以來並沒有明確的奮

門目標，比如長大了是否上大學或者從事什麼職業，或者乾脆說是沒有宏圖大志。當然這也不能怪我，我接觸的都是農民，大家都是為了生存而辛勞奔波，哪裡有人懂得或者有空來給人描繪外面的世界如何精彩呢？更不會有人給我勾畫宏偉的藍圖，我的祖祖輩輩都是面朝黃土背朝天地過來的。我也比較沒有個性，每天重複三點一線的校園生活，好在我還能樂在其中。

我仿佛有讀書的天賦，小學六年的成績一直優秀。我上的是最偏遠的農村的鄉村小學，班上總共也就是二十多人，教室破舊不說，有時候開學都快一個月了教材都還沒到。當然也談不上什麼師資力量，一個老師可以上幾個年級的幾門課，還有很多時候連代課老師都找不到。無論春夏秋冬，我每天步行好幾千米山路，翻山越嶺往返四趟，離了課堂基本上就不碰課本和作業，更談不上課外輔導和閱讀，課餘時間基本上都被農活和家務擠占。我和那些環境優越的孩子相比能取得那樣的成績已實屬不易。現在回想起來似乎都有點難以置信，小學六年就在奔波於家務與學習之中輕鬆、充實又充滿著優越感地度過了。

這種輕鬆駕馭學習的優越感在我初中的時候就消

失了。由於我小學顯出了較強的讀書天賦，於是父親開始重視我的學習，為我以後通過讀書走出農村而奠定基礎，因此我沒有順理成章地進入鄉中學，而是進入了鎮重點中學。

雖然當時就兩個班一共不過一百餘人，但匯集了來自八個鄉差不多一百多個村幾百個隊成績優異的學生，競爭自然異常激烈。

我第一次離開家去那麼「遠」的地方上學，而且是住校，不用每天往返學校和家裡，也不用幫家裡干活，可以有更多時間學習。但初中課程和小學課程完全不同，不僅難度提升，而且門類從原來的語文和數學豐富到語文、數學、英語、政治、歷史、地理、生物……我瞬間感覺壓力巨大，很不適應。同學們一個比一個厲害，加之離家住校生活諸多不習慣，還有我比較封閉和怯懦的個性很難適應新環境，種種因素的影響下我的智商仿佛也下降了很多。儘管我非常刻苦，但結果依然是成績平平。

初中三年似乎我一直沒特別領先過，一直跟在別人後面辛苦地追逐著，花了將近三年才適應初中生活，好在第三年的時候我終於有點開竅了，數學、化學和英語偶爾也能拔尖，多少找回了一些自尊心和優

越感，以較為滿意的成績畢業，也更進一步堅定了父親支持我求學的決心。

我很慶幸自己能堅持下來，封閉的環境讓我沒有染上不良風氣，封閉的環境也讓我專心堅持，因此直到最後班主任給我的評價依然是「比較刻苦」，終究還是沒送我一個「聰明」的標籤。儘管後來也有很多人誇過我聰明，但初中的時候我的確是在走「笨鳥」的路線，現在想來老師的評價還是很客觀、很準確的。

有了初中三年累積的基礎，我不只是適應了中學學習模式，完成了青少年時期重要的過渡期，總結了學習經驗，更重要的是培養了逐漸適應環境的能力。經過各方努力，我又以「笨鳥」的姿態進入了我們遂寧市裡最好的高中，激烈的競爭和巨大的壓力比起在鎮中學時又上了一個臺階，但有了之前三年的累積，我已經學會了適應和調整。

高中第一學期我還是稍有些不適應，畢竟是全市最好的中學，同學們很多都是高干或富家子弟，有優厚的物質條件和紮實的學習基礎，其他從鄉鎮出來的同學也是百裡挑一。很多同學都有明顯的優越感，很看不起我這個從鄉下來的、其貌不揚的、個子小小

的、清瘦的家伙。在這種壓抑和適應中，我第一學期半期考試只拿到了 60 多個人中的第 27 名，但這已經比我想像的要好很多，也讓我對自己的實力和別人的情況有了底，後面的成績走勢讓我都沒有預料。除了物理有點扶不上牆和一次意外，我的成績基本上能穩定在班上第 10 名左右，雖然不算特別拔尖，但這對於我們從鄉下來的孩子已經很不容易了，這也讓很多之前很有優越感的城裡同學都刮目相看，特別是我的化學成績在全年級都能名列前茅。

三年的高中生活雖然很枯燥乏味並且壓力巨大，但我還是很享受那種生活。其實我當時真的沒有想過能考上大學以及由此改變命運這些長遠的事，不知不覺還是走進了大學的校門，過程確實艱辛，但很充實，而且還贏得了尊重和榮譽。當時所有同學都沒日沒夜底埋頭苦學的時候，我還能每週六忙裡偷閒溜出去在簡陋的錄像廳看幾部錄像，接觸到香港電影，在劣質的影像中遙望外面的世界，也算是接受「電影藝術」的熏陶，這對我來說已經是很奢侈的事情了，足以成為化解我一周枯燥學習疲倦的良藥，也在不知不覺中為我後來將娛樂評論作為副業奠定了基礎。

直到填報高考志願的時候，我都不敢相信這一切

是真的，一只來自最基層農村的醜小鴨，馬上將迎來改變人生的大轉折。我這樣說或許會讓人覺得很幼稚和可笑，很多人都明確辛辛苦苦上高中的目的就是考大學，享受大學生活，成為社會的棟梁之材，以高姿態順利地進入社會。但我當時的確沒有想過這些，只是覺得校園可以讓我躲避日曬雨淋、肩挑背磨的農村生活，而既然躲在安逸的校園，就有責任去努力追求好成績，也為自己贏得那點可憐的尊嚴抑或說是虛榮。我很享受校園生活，並非因為我天生喜歡讀枯燥的書，並非因為我有宏圖大志，我只知道我很享受這個過程，而且懵懂地知道這可能會改變命運。後來真的進了大學校門我好像都沒做好心理準備，大學生活依然讓我有點難以適應，以至於我的大學生活依然有很強烈的高中生色彩。

## 3　七年安逸的象牙塔生活

　　都說大學是人生中最重要的轉折，可對我來說，既是這樣也不是這樣。一方面，大學生活的確改變了我的命運，改變了我的人生平臺和軌跡，儘管事後發現帶來的變化遠遠不如預期，甚至大失所望；另一方面，大學生活並沒有從本質上改變和提高我多少，當然除了學習了一些專業知識和鍛煉了一些能力以外，但決定我命運的性格並沒有多大改觀。當然這種說法或許有些勢利，如果單純從人性的角度來看，有些改變不一定是件好事，甚至是在扭曲和壓抑個性。

　　我的大學生活可能是比別人更純粹的象牙塔生活，這似乎有點難能可貴，畢竟如今的現實是很難找到一些「與世隔絕」真正單純的地方，即使是中小

學甚至是以往人們向往的清淨勝地，或多或少都充斥了太多社會大染缸的東西，或喧囂，或低俗，或骯髒。

我的大學生活在某種程度上只是中學生活的延續，封閉、單純依舊，只是更輕松自在，更愉悅享受。

有了之前打下的學習基礎，我可以比較輕松地應付功課，這些是只要自己願意做就能做好的，不取決於別人或其他因素。我可以完全以自我為中心來安排自己的生活，暫時拋開家庭的瑣事，暫時不用面對如洪水猛獸般的就業壓力而樂得瀟灑，在不影響和傷害同學的前提下也無須遷就同學的看法，我行我素，自得其樂。

總體來說，大家的大學生活應該都是差不多的色彩，清新、激情、張揚甚至還刻意干點沒調兒的事彰顯叛逆和個性，但內容和形式卻千差萬別。我的不同點在於我不逃課，而且盡量不遲到、不早退，上課盡量不開小差、不打瞌睡，認真記筆記，積極完成作業。沒有特殊情況的話，即使再枯燥無味、管得再松的課程，我都能堅持做到這些，開始是小心翼翼使然，後面就成了一種要求完美的習慣了。

其實對於學生來說做到這些是很正常的，沒必要就此自我標榜稱讚一番，但對於當代大學生來說，沒逃過課、沒掛過科才是一件不齒的事，傳說那樣的大學生活不算完美。因此，循規蹈矩的我反而變成了異類。

其實我並不是真的熱愛上課，但我除了上課好像也找不到其他的事情做。

我不愛參加課外活動，不知道是真不愛運動還是我的自卑在作祟。其實我還是偶有運動，但不那麼頻繁和劇烈，而不怎麼參加集體運動可能是我內向的性格使然。有時也是自卑作祟，我覺得自己個子不高、身體不壯、沒什麼強項，也就不想去參加深受大家喜愛的足球和籃球運動。這樣我自然也就少了很多娛樂和朋友，少了很多共鳴和樂趣，因此我和同學保持著一種看似親密其實很難融合的關係。我大學生活最大的敗筆就是沒什麼知心的朋友，我有時候自己都有點討厭自己那種似冷非冷、不痛不癢的性格了。

除此之外，我還不喜歡打牌、打游戲及逛街，算得上真的王牌級的乖孩子。我每天背著書包去教室上自習，最大的興趣就是經常從圖書館借來一堆小說，看以前在農村看不到的書，過足上高中不能過的癮。

我還很挑剔，不看金庸武俠類小說，也不看瓊瑤言情類小說，這在金庸、瓊瑤小說鋪天蓋地的時代實在難得。雜七雜八亂看一通，如果沒有這些小說，我可能也受不了枯燥乏味的「三點一線」的校園生活，這就是我大學時期看似認真其實成績不怎麼樣的重要原因之一。

我還有一個愛好足以讓我一個禮拜甚至一個月不出校門，那就是週末學校禮堂放映的幾部電影，這成為我打發週末的娛樂，甚至是一周的期待。這個習慣我一直堅持了七年，甚至到畢業後好多年我週末也會回學校禮堂觀影，直到學校禮堂不再放映電影。按每年在校三十多周，每週四部電影計算，這麼多年下來也有近千部電影的累積，這讓我的文化品位得以提升，藝術鑒賞功力大增，這或許就是為什麼大學幾乎都要堅持在禮堂放電影增加學生藝術修養的原因了。

電影院曾經是很多人大學生活中的重要組成部分，成為很多人美好的回憶。儘管網絡時代讓學生們可以足不出戶也不花錢就能看遍各類大片，但我還是喜歡學校禮堂放映電影的感覺。雖然音響效果和視覺效果無法和專業影院相比，但也沒有外面那麼濃鬱和壓抑的商業氣氛。更重要的一點是便宜，而且除了看

到很多高調宣傳的大片，還可以欣賞到很多名不見經傳卻很經典的影片。我喜歡看電影，是因為在黑暗空曠的大廳裡，我可以完全忘掉自我，暫時拋開現實生活中的壓力、煩惱和不快，盡情去體會品味別人的人生，就像演員一樣可以轉換各種角色，體會個中艱辛，這樣自己的人生也能變得豐滿。我還可以在影像和音樂中領略各地的風土人情，學習很多新鮮事物，感受人間百態。電影真的是一件非常有意義的商品，這或許也是為什麼人類社會越發達越進步越離不開電影的重要原因之一。

就這樣在不知不覺中，乏味又輕鬆的本科四年就過去了，我還沒真正成熟就要開始面臨就業的壓力，步入真正的現實社會。我誠惶誠恐，一邊準備考研，一邊戰戰兢兢地嘗試自謀生路，同學們也是如此。畢竟當下早已不是那個大學生很值錢的年代了，我們無憂無慮地過了二十年，曾經自以為已經成熟強大，其實依然弱不禁風。有人開始謀劃未來，有人開始掂量自己是否能畢業，有人開始和戀人及密友互訴離別衷腸。我沒戀愛過，也沒什麼鐵哥兒們，因此沒覺得畢業多麼傷感，倒是依然要謀劃自己何去何從。

好在我考上了研究生，又可以有三年時間暫時緩

衝這種壓力。當時很多人考研的心態都差不多，並不是多麼熱愛自己的專業想在學術上有所建樹，往往只是想在殘酷的現實中為自己增加一點競爭砝碼，同時再逃避，或者說是再享受三年，做好心理準備之後再進入社會。

大學四年之後很順利地過渡到研究生生活，但我的心態已經發生了很微妙的變化。一方面，我可以暫時躲避在校園，繼續享受一下天真無邪的校園生活；另一方面，我不斷提醒自己，我已經不小了，現在只是暫時過渡，一定要為將來多做準備。我在這種徘徊心態中，延續著我的大學生活。

研究生的學習方式和以前差不多，但氛圍已經變了很多。同學們都更加成熟，學校管理則更加松散，大家過著半社會化的校園生活。有的成家了，有的談戀愛了，有的已經在工作了……除了上課，大家很難聚在一起，同學關係淡了很多，我也變得更加孤獨和寂寞。

三年的研究生生活讓我成熟了不少，雖然不像在外工作的同學那麼滄桑，但我對未來不再那麼恐懼和茫然，同時各方面的能力也有所提升。我對於未來依然並不樂觀，現在的社會專業不算什麼、學歷不算什

麼，到底「什麼算什麼」，也許大多數人心裡都沒底。

我能用自己所謂的「高」學歷敲開多少家企業的大門、能掘到多少金、如何完成從學校到社會的轉換、如何實現畢業後從學校到社會的過渡、如何不斷調整和改變自己⋯⋯凡此種種的「如何」，都是撲朔迷離的未知。

# 4 第一份非正式工作

我人生的第一份工作是非正式的而且非常短暫。

說來很慚愧,我都快 25 歲了才開始從事一項工作,也就是說第一次自己掙錢。之前一直都是靠父母養著,儘管我對家裡也有「貢獻」,父母也心甘情願樂此不疲,但我一直覺得挺鬱悶。

剛上大學時我就暗想,課餘一定要找點兼職來充實生活,貼補用度,雖然家裡也不缺這點錢,但那種勤工儉學的感覺肯定不一樣。我和很多人相比還有個與眾不同的地方,那就是用父母的錢一點都不快樂甚至有罪惡感,很想自己動手豐衣足食,做點家教、促銷之類的工作都可以,或者更艱苦一點去餐館當服務員洗盤子也未嘗不可。

母親堅持不要我那麼辛苦，也不想讓我因此影響學習，但這些對我來說並不是真正的困難。我來自農村，雖說沒吃過太多苦，但勤工儉學的生活對我來說也不叫苦。然而事實上，我卻最終只說沒練，七年了也沒去嘗試過。我事後也仔細分析過原因，終究是「性格決定命運，態度決定人生」，我的一些性格和態度為我後來曲折的就業之路埋下了伏筆。

　　我是一個對環境和變化很敏感、很有思想，甚至是很有創新意識的人，但致命的弱點就是軟弱，或者說沒有勇氣和魄力去把自己的想法付諸實施，並且不敢承擔風險和失敗的考驗。從後面的經驗看來，這種性格是很危險的，很容易讓自己陷入「高不成低不就」的尷尬境地，既沒有能力去實踐，也沒有那麼好的命有很好的平臺和機遇順水推舟，再或者能遇到伯樂來駕馭我。

　　總結一下我沒有去實施我的兼職計劃的原因，一方面是愛慕虛榮，放不下所謂的身價；另一方面是懶惰，沉迷於享受安逸的校園生活，不知不覺養成了好逸惡勞的習氣，丟掉了勤勞善良的農民本分。

　　廢話至此，言歸正傳。

　　我生平第一份工作在大學生活最後一學期姍姍來

遲，讓我最後的校園生活過得非常充實。我一邊要完成讓人頭痛的學位論文，另一邊要不斷謀劃未來的去向，形式上忙碌，而內心卻很空虛迷茫。就業形勢一年不如一年，即使捧著個碩士學歷也會無人問津，看著周圍的同學陸陸續續地簽了戲稱的「賣身契」，自己面子上很掛不住，心裡更是為生計和前程擔憂。

好在我之前搞定了一個備選，雖然不怎麼滿意，但先將就用著再從長計議，至少看起來不會太落魄。

那是一份在某高校的都江堰分校擔任教師的工作，學校不是很好，地理位置也讓我又愛又恨，愛的是都江堰環境幽美氣候宜人，恨的是終究是小縣城，也有各種不如意。對方領導急著要求我簽約，我卻猶豫再三，使出緩兵之計，答應先代課，等畢業時再簽約，這樣一來既讓我有所收入，又不至於被束縛住，還有時間去另覓「新歡」。

由於我的學習任務繁雜再加之上課地點較遠，我請求該學校把我的課集中在星期四和星期五連續上完十二節課。我每週四早上起床匆匆忙忙從成都趕往都江堰，上完六節課，在都江堰住一晚上，星期五上完六節課後再趕回成都。

這份非正式的且短暫的工作，其實對我的考驗是

非常大的。

　　首先是要去適應環境。我是屬於那種換個環境，心情就會頗為憂鬱的人，特別是晚上，一個人住在宿舍裡很寂寞，既睡不著又很害怕早上睡過頭而錯過上課時間。世人向往的風景秀麗的都江堰並沒有讓我心曠神怡，反而讓我感受到從繁華大都市來到一個小縣城的失落，所以我最終還是沒有選擇去那裡工作。之後我父親一直在埋怨我的選擇，在他眼裡，穩定又受人尊敬的教師，風景如畫、空氣好、房價低的都江堰，這兩者結合在一起將是多麼安逸舒適的工作和生活，但這些都沒能打動我。

　　其次是從學生到教師的轉換，一步之遙卻是千里之外。之前我一直扮演的是坐在課堂裡聽課的角色，而且二十年如一日，很享受也很輕鬆，喜歡就多聽一點，不喜歡就少聽一點，當我還在留戀這種感覺的時候，我已經不知不覺地被推到講臺上了，真的要開始人生角色的轉換了。教師有時候就像導演，在講臺上的時候就一刻不得清閒，不管通過什麼方式都要組織學生完成學習，或者是比較合理地打發掉上課時間，總之不能讓學生找不到事情做，或者教師找不到話說，完全沒有了之前當學生的那種享受和輕鬆了。在

第一次上講臺之前，我徹夜難眠，我不知道自己是否能應付這種狀況，我誠惶誠恐，甚至剛開始還有點語無倫次，但我已經把自己逼上「絕路」了，除了往前走我別無選擇。

再次就是我接了一門不是我所學專業的課程——統計學。我數學功底不差，學這門課沒什麼壓力，但要講課就吃力了，我更喜歡能自由發揮、相對輕鬆點的課程，再加上授課對象是大專學生，學習基礎良莠不齊，上課場面非常雜亂。有的人在桌下偷偷玩著撲克，有的人就像趕集一樣進進出出完全無視尊師禮儀，有的打扮時髦的女生卻拿著頗具古典韻味的十字綉在忙碌，更多的人則是竊竊私語，各種小動作不斷。偶有一些學生聽課，但更多的是以一副茫然無辜的表情望著我，能聽懂的極少。不過這也不能全怪他們，從某種意義上來說，這門課對他們來說的確太難。也許還是因為我看起來太年輕，沒有足夠的魄力去強迫他們學習，而且我的授課經驗不足，不知道怎樣去把握他們的興趣愛好和心態，自然找不到他們心中的興奮點，難以引起共鳴。

最後也是最要命的是我平時說話太多嗓子就會發炎疼痛，一天把同樣的話連續說三遍，還要連續說兩

天，到後來我每堂課都必須含著潤喉糖才能勉強維持。每週星期五我都是拖著疲憊的身心回到成都。這樣的教師生活不是我想要的，這樣的工作不是我想要的，我很慶幸自己沒有盲目迷信高校和高校教師愉快輕鬆的表象，否則我只會是欲哭無淚。

我還是堅持了兩個月，雖然我之前也不是不食人間菸火之輩，但真的自己去掙錢還是覺得很艱辛，幸好我之前養成了非常節約的習慣，對於自己掙的錢我更是捨不得亂花。很多人都認為高校教師這個職業的好處是自由悠閒，其實這些都是假象，教師需要實實在在的才華，課堂上如此，課下備課及研究也是如此。

以上一些原因決定了我的第一份工作只能是短暫的。雖然我也盡職盡責，但總還是有點誤人子弟的感覺。當時那個學校管得不嚴，我每週都是上課前一晚上才用筆勾畫一下第二天要講的內容，由於忙著寫論文和找工作，基本沒時間去備課，上了講臺上幾乎是照本宣科加臨場發揮。因此，兩個月後我找到新的工作，並要開始實習時，我便倉皇離開了。

這就是我的第一份工作，短暫、非正式，卻是我進入社會的第一步。雖然讓我感悟良多，但頂多只能

算是完成了我在大學期間一直躍躍欲試的「兼職夢」，忙裡偷閒去增加了點經歷，感受了一個全新的角色，掙了點零花錢，僅此而已。對於未來職場上的「血雨腥風」，那只能算是演習，我當時豈能想到後來的職業路會走得那麼曲折艱難呢？

## 5　畢業前的擇業糾結

　　總說上大學是人生的重大轉折，其實人生每一步都挺重要的，雖然不能說步步驚心，但也是環環相扣，因此真的應該步步為營。

　　有句俗語是「女怕嫁錯郎，男怕入錯行」，充分說明了就業對於一個人一生的重大意義。但我曾經對這個被無數次驗證過的觀點不以為然，很幼稚地認為現在的就業體制如此自由，只要自己有能力，再加上人年輕，不合適可以再換，大可重新選擇，那麼跳槽換工作自然也是無可厚非的。

　　然而現在回想起來，當初的想法還是有些幼稚狂妄。儘管雙向選擇給了我們更加自由的擇業空間，但跳槽的轉換成本（如擇業空檔期的生活成本、機會

成本以及承受的壓力）依然很大。跳槽過於頻繁不僅不會形成系統的經驗優勢，而且浪費時間和精力，令人承受的壓力還相當大。一味逃避或挑剔環境而不是反省自己的話，並不一定能越跳越好，最後還搞壞自己的職業道德記錄。如果沒有規劃的胡跳一通，最後只會落得一無所有的下場。

當然這些都是後話，很多道理當局者或許也知道，但不一定能作為原則去約束自己，只有親身體會過才會真正懂得其中的真諦。

每個畢業生對於第一份工作都會充滿很多期待、很多構想，並以此作為選擇的約束條件，即使是在人才過剩、競爭激烈的年代依然很難改掉這種學生氣。

我一直認為，財經類院校畢業生就業的優勢和劣勢都很明顯。優勢在於不像某些專業性很強的理工類專業畢業生就業選擇那麼受限，很多行業都需要經營管理人才，財經類院校畢業生就業面比較廣；劣勢也是由此衍生出來的，那就是相對來說專業性不夠強，或者說進入門檻不高，在人才過剩的時代即使是曾經「物以稀為貴」的專業都泛濫了，大眾性專業的就業現狀必然堪憂，再加上我們往往還有高不成低不就的心態，就業形勢就更是大不如前了。

我是一個有點優柔寡斷的人，不喜歡抉擇，卻總是把自己推向選擇的困境，以致搞得自己有點選擇綜合徵的傾向。站在人生轉折的擇業路口，我左顧右盼，瞻前顧後，既想盡量穩定，又想不要太束縛個性；既想成就一番事業，又想盡快享受生活；既想收入豐厚，又想不要太累或者迷失自我……這樣一種近似自相矛盾的想法本身就是自欺欺人、自尋煩惱，現實中基本上不會有那樣的工作崗位，即便位高權重的達官和富得流油的貴人也不可能那樣心想事成、順心如意。

四月份完成畢業論文等待論文答辯和畢業典禮的時候，很多人的工作去向都已確定，沒有最終確定的人手上也有或多或少的備選，只是都不怎麼滿意，所以遲遲不願敲定，畢竟這是從學校走向社會的第一份工作，很多人都相當謹慎。

當時我們學校的畢業生主要去向有以下幾種：

第一，銀行。由於學校之前屬於人民銀行系統，與銀行有著悠久的合作歷史，再加上專業的天然聯繫，所以每年各大銀行都會來學校招兵買馬。儘管銀行改制後不如以前穩定，但銀行依然是搶手的香餑餑，所以成為學校畢業生的最主要去向。我不想隨大

流，而且競爭也非常激烈，因此選擇了自動放棄。

第二，公務員。公務員這個職業在人們心目中的地位也是幾起幾落。幾千年的封建社會中，官本位思想在人們的心中根深蒂固。在改革開放後的一段時間內，從政的人不甘清貧和寂寞選擇下海經商成了一種時尚，許多有志青年畢業後激情澎湃，躍躍欲試，不再期待所謂的「上班、喝茶、看報」乏味的政府機關生活。然而隨著改革開放的深入，政府部門也在不斷進行改革，公務員的福利待遇不斷改善特別是相對穩定，加之社會就業競爭加劇，因此公務員又成了大學畢業生的熱門去向。現在的公務員崗位也是在這些「天之驕子」中百裡挑一，公務員考試的繁榮景象和一年一度的高考相比有過之而無不及。儘管會有幸運兒中標，但絕大多數人只是為了那一線基本上不存在的希望去感受和參與。我抱著很複雜的心態去參與了，輸得心服口服。

第三，高校。那時碩士畢業還有一個很重要的去向就是進高校當老師。儘管高學歷的人才越來越多，很多高校都把門檻設置為國內名校博士甚至是海歸博士，但當時還有為數眾多相對等級較低的高校需要碩士。由於之前有了一次短暫的教師之旅，讓我對這個

職業有所感受，個人也很尊重教師這個職業，但總覺得自己性格不是很合適，於是放棄了這條路。

第四，企業。絕大多數人還是去了企業，形形色色的、大大小小的、國有的、民營的、外資的企業。碩士學歷在企業的地位很尷尬，儘管高學歷讓我們某些方面優勢比較明顯而且比較有潛質，但由於之前並沒有實踐經驗，沒有多少針對性的學習，所以高學歷也有點蒼白無力。如果得到一個較高的職位，自己卻不能很快地熟悉和駕馭，真正發揮出自己的優勢；如果得到一個和本科生或大專生一樣的普通崗位，心理上難免有點難以接受，雖然學歷高並不一定代表能力強，但畢竟年齡大了，付出的也更多，當然希望能得到的認同和回報多一點。然而之前的付出只是為自己付出，與企業無關，自己的付出能否得到回報還得看自己是否有能力將付出轉化為對公司的回報，所以高學歷要想直接獲得不錯的崗位和待遇還是比較難的。

早在 2005 年的時候，本科生和碩士生都已經大規模擴招了，碩士已經不是什麼搶手貨了，但價格之低廉還是讓人有點難以接受。在民營企業做到管理職位可以拿到三四千元，在國有企業差不多只有兩千多元，只比論資排輩低一檔的本科生高兩百元，而且工

資並沒有多少彈性，但要求和任務卻高得多，實在讓人有點難以平衡心態。

# 6　初出茅廬（一）

當初大學本科畢業時，22歲的年齡，用父母的話說，在農村這種年齡早就結婚生子為人父母了！可我卻依然像個孩子一樣，面對視同洪水猛獸一樣的社會大染缸，心中毫無底氣而惴惴不安。幸好考上了研究生，又在校園裡暫時「躲避」了三年。本來當初在心裡暗暗下定決心，要在這三年充實專業知識，還要多鍛煉動手跑腿能力，增加社會閱歷，更重要的是調整好心態，才能在3年之後畢業時，順利從習慣了十幾年的校園生活過渡到社會生活。

三年時間一晃而過，雖然天天念叨著要珍惜如此幸福安逸的校園生活，珍惜是珍惜了，但更多像是在享受。由於工作和就業壓力暫緩，惰性隨之而生，並

沒有按之前設想的那樣增加能力的同時調整好心態。研究生學習階段課程不多而且很輕鬆，老師管得不嚴，要求也不算高，而且經管學科也沒太大的作業和科研壓力，即使偶爾需要應付測試，也只需在網上輸入關鍵詞搜索一下，稍加複製粘貼組合即可。在期刊上發表文章的任務也不算很難，因此每週絕大多數時候是自由的。於是我很有規律地吃飯、上網、看小說、聽音樂、看電影，偶爾良心發現去圖書館看看書，寫點東西，完全是神仙般的日子。

越是快樂輕鬆的日子，反而覺得過得越快，轉眼就到了要畢業的時候，其他同學都找到了比較滿意的去向，有的去銀行，有的去高校，有的當公務員，而在學校還算品學兼優的我，卻沒能在擇業競爭中拔得頭籌，要怪也怪自己耍個性，但更多的是一些令人無奈的因素讓我無所適從。

其實在畢業前，我也嘗試投遞過很多簡歷，但收效甚微，最終備選並不多，痛苦權衡之下選擇了一家帶點國企背景的大型集團公司。這份後來很不滿意的工作還是當初淘汰掉兩位同班同學和眾多應聘者而過五關斬六將爭取得來的。

我當時的備選有一家國有企業和一家民營企業，

同班同學大多選擇公務員、高校、銀行等鐵飯碗，我走企業這條路實屬無奈而且頗為冒險，但這都是我的條件和個性決定的。謹慎起見，我還是覺得國有企業穩定可靠一些。我在上學期間曾無數次比較過國有企業和民營企業的種種優劣，但孰優孰劣無法一概而論。最終我選擇了一家看似比較正規且穩定的國有企業。

現在回想起來，那時真的太傻、太天真，自己一直在父母和校園的庇護下生活，社會閱歷相當淺薄。我雖然已經是25歲的人了，學了滿腹的理論知識，不會像父輩那樣滿腔熱情要去報效祖國、服務「四化」，但還是期待著能找份像樣的工作，施展才華，證明自身的價值。

因為暫時還沒有成家、養家的壓力，還沒有太強的功利心，而且當時高學歷也比較普遍，學校招生和就業機制都在改革，所以我並沒有期待能找份職位很好、工資很高的工作，就是種傻乎乎的看似平和的心態作祟，稀裡糊塗地就把自己給「賣」了。

在求職的過程中，我只知道盡量爭取機會去表現自己而取悅別人，陷入盲目的主動，沒有仔細考慮並且尊重自己內心的真實可行的意願，因此很少去瞭解

企業和職位的真實情況是否與自己的需求和偏好匹配。我就是這樣稀裡糊塗地就業了，完全是為了就業而就業，為了畢業後被學校「趕出來」後有個去處，儘管我之前也權衡了很多因素，儘管我也是過五關斬六將進去的，卻對即將前往的單位和崗位幾乎一無所知。

　　時間一晃就到了不得不離開學校的日子了。雖然上學希望得到的東西幾乎都得到了，但當卷著鋪蓋走出校園大門的時候，心中依然五味雜陳；雖然在學校我們往往也是我行我素，但校園確實像母親一樣保護和安慰著我們，而畢業離校，我有種被母親推出門去迎接外面風雨的感覺；雖然我依然留在成都，隨時可以回母校看看，但從此校園裡春棠綻放、夏梔飄香、秋桂襲人、冬梅撲鼻都和我無關了，校園裡與青春有關的清新浪漫與美好也都和我無關了。離校就徹底宣告最美的青春已逝，失落萬分！面對不可知的未來，我心中充滿忐忑不安，離別的憂傷和對未知的惆悵交織，怎一個愁字了得！

# 7 初出茅廬（二）

初到單位報到，我連自己的崗位是什麼、工資多少這些非常重要的敏感信息都不知道。之前只是一心想找工作，結果傻乎乎地從沒想過瞭解一下關鍵信息。一個 25 歲的早已成年的人、一個財經類院校的碩士生，居然單純或者說是愚鈍至此。不知道是我孤陋寡聞或怯懦所致，還是學校和家庭教育的悲哀，反正後來我是為我的傻和天真付出了沉重的代價。

我揣著就業協議、辛苦了十幾年得到的文憑以及其他的就業手續來到鬧市中那棟陳舊的辦公樓，心裡一千個一萬個不願意。

我很能理解「啃老族」這一群體的心態和難處，因為我走過了那段糾結的歷程，所以才會同情而不是

鄙視他們。我無法逃避，也不能向父母訴苦說不願意工作之類的話，擺在我眼前的路暫時就這一條，眼下關鍵的不是去做什麼、能做什麼，而是必須盡快實現從學校到社會的角色轉變。

人事處的入職程序比較簡單，兩位比較年輕的同事對我驗明正身，將各類證件和資料查了個遍，然後分別帶我去見副處長和處長，一女一男，前者花枝招展，後者文靜儒雅，並未對我的到來表現出多少熱情，簡單說了幾句歡迎的話就打發我走了，完全沒有吸收了新鮮血液的興奮。但至少得裝出個樣子，做出個姿態吧，當時我的心就涼了半截，後來才知道是我期望太多了，這只是傳統行業加國企性質的領導普遍的自我陶醉的驕傲姿態。

再次回到人事處，接待我的那位叫小葉的同事告訴我，我被分到了集團下面的化工公司。

「什麼，還有下面的公司？」當時我就懵了，這時我才意識到之前太馬虎了，於是驚訝地反問。

小葉露出兩顆小虎牙淡定又略帶詭異地笑著答道：「這是集團公司下面目前最好的子公司，你是今年我們招進來的十幾個人當中唯一的研究生，所以看上了你！」言外之意我應該受寵若驚。

我完全不清楚具體情況，心裡當然不領情，再好也是去下面，總覺得又低了一等，看集團的領導們居高臨下的氣勢就知道等級在國企的重要性。這樣的分配好像和我的學歷完全不匹配，搞不懂這樣的結果背後藏了多少「宮鬥」和「格局」，越是這樣想心裡就越涼！

此時此刻，人為刀俎我為魚肉，事已至此也不可能大吵大鬧換崗位或者不入職，即使心裡再不願意也只能暫時聽天由命了！就這樣，一個「大男人」跟在一個小妹妹身後下樓，當時排斥、鬱悶、憤怒、無助的矛盾心理，著實讓我無奈又惶恐。

雖然是分公司，其實就在總部樓下，還好不在偏僻的郊區。這個公司招牌和裝修比樓上的總部要嶄新現代許多，也設計了一些很時尚的部門，不過從走廊一頭走到另一頭也沒看見幾個人，很是冷清。

小葉將我介紹給子公司綜合辦公室的吳哥就告辭了，短短一個小時我就被轉手了幾遍。吳哥沒交代我需要什麼事情，更沒有領導接見我交代單位情況，當然也沒有人將我介紹給其他同事，完全就是把我當實習生看待。

無所事事地坐在那裡，我的心裡非常煎熬，就像

剛斷奶的孩子，思念母親、思念母校、思念那種習慣了的溫馨安逸的生活。再加上崗位不明、無人搭理，我期待的光明未來變得一團漆黑，看不到方向和希望，失落倍增。

不過幸好辦公室還坐著一女一男兩位新同事，也是同一批招進來被分配到這裡的。雖然我比他們年長三歲又多喝了點墨水，但從同樣被稀裡糊塗地招到這裡的這個結果來看，我比他們強不了多少。我們三個人同樣無聊，有點同是天涯淪落人的感覺，所以很快就熟絡起來了。

女同事名叫晶晶，人如其名，古靈精怪、很可愛，但某些方面思想比我還前衛、還成熟，有些愧對她喊我哥！她整天都是一副笑盈盈的樣子，好像很開心，雖然也沒啥開心的事。她特別喜歡吃東西，一張櫻桃小嘴見到吃的就笑，然後慢條斯理地嚼，雖然吃得並不多，結果可能是因為消化吸收好所以略顯胖，還好不是很過分。

男同事名叫小明，很可愛的名字、很可愛的人，看起來比我還成熟些，特別是白淨的臉上那道疤痕很能增加滄桑感。小明是一個樂天派，無憂無慮，隨便什麼環境都能找到樂子，所以既不會無聊，也不會怨

天尤人，很能融入各種環境。

當然對這兩位的判斷和描述是後來長期相處總結提煉出來的，我們三個人在一起就有種天然的親切感，自然就團結在一起。入職第一天啥事也沒做，就乾坐了一天，好不容易熬到下班各自散去。

白天的失意加重了晚上的空虛寂寞，公司給我們三個人租了一套大房子，可是那兩個家伙都沒搬進去住，就我無處可去只得搬進那空蕩蕩的屋子，什麼都沒有，完全沒有家的感覺。剛畢業也沒錢買電視，回到「家」連個聲音都聽不到，更可惡的是晚上還有老鼠騷擾恐嚇，簡直就是地獄。我入職第一天雖然不算辛苦狼狽，但對我絕對也算是噩夢的開始。

## 8　初出茅廬（三）

接下來的日子依然和第一天沒多少變化，只是逐漸開始熟悉環境，心中沒之前那麼忐忑，但依然不安。

這家分公司在郊縣還有實體生產企業在正常運轉，分公司主要進行綜合管理。由於分公司才組建成立不久，管理團隊遲遲不能到位，我們被招進來也只是作為儲備，所以短期內我們都將被懸空，我們的狀態將會多麼尷尬、無聊和空虛很容易想像得到。作為應屆畢業生，剛剛進入社會，本來心裡就七上八下沒主心骨，再遇到單位沒有完善的組織框架和職業規劃以及成熟穩定的管理體系，真是屋漏偏逢連夜雨。

我們三個人還是每天窩在綜合辦公室給吳哥做伴

打雜，領導們對我們的到來和存在基本上是視而不見，也沒安排具體事務讓我們操作，我們大部分時間就是無所事事地坐著無聊發呆。幾次想找些資料來熟悉下公司的基本情況，卻沒找到什麼可以學習的資料，於是三個人就湊在一起閒聊打發時間。我每天能盡量找來做的事情除了早上擦擦桌子、拖拖地，就是中午弄弄盒飯、收拾收拾桌子，每天都在經受無聲無息的煎熬。

就這樣無所事事地過了兩個星期，公司僅有的幾個高層領導終於在難得的碰面中將我們三位新人的工作列入討論內容，決定把我們這幾個「百裡挑一」招進來卻一直擱在那兒無人問津的新鮮血液「處理」一下，畢竟企業再慵懶也不可能「養」我們這幾個毫無背景的新人。

終於，一位 G 姓常務副總找我們談話了。

我畏畏縮縮地走進他的辦公室，瞟了眼前的這位領導一眼，說他其貌不揚算是讚美了，還是用「長得有點醜」來形容他比較客觀真實，小小的個子，五官不大方也不精致，牙齒參差不齊地凸出。當然，人不可貌相，特別是對於男人，越是其貌不揚、個子矮小的男人，由於天生外在資質平庸後天必然比其他

人更加用功，自然也比一般人腦子靈活。通過之後的接觸和瞭解，確實充分證明了我的這點判斷。

「小李啊，不好意思，你們來公司這麼久了，由於工作太忙，一直沒時間找你們談話。」他態度還算熱情，讓我稍微輕鬆點。「你知道當時在眾多應聘者中，為什麼我選擇了你嗎？」

我這才反應過來，這個人好像在那次終極面試的一排領導中，仿佛還發過問，但我對於當初的交流已經毫無印象了。

我一臉茫然地望著他，沒說話也沒搖頭。

「其實學歷高的也多，但覺得你比較靈活聰明反應快！」G總語重心長地說。

我聽了這話不知道是該笑還是該哭，面試的時候就像相親一樣，盡量想展示自己的優點，再加上有一定的專業基礎和思辨能力，反正又沒標準答案，說點好聽的、豪邁的也不用負責，所以應付面試官只要不緊張應該都不成問題。雖說能被人認可和喜歡自然是件好事，但「相親成功」並不代表「婚後就能幸福」，相親時說的優點不見得真的就是優點，並且或許還掩藏了一些致命的弱點，我要是真的聰明的話，就該通過各種方式瞭解自己要去的崗位、工作內容和

待遇等關鍵信息了，也不至於剛出校門就來這裡坐冷板凳，心裡覺得完全是浪費感情、浪費生命，一直有些怨氣在心堵得不痛快。

於是我就趁勢問了他：「G總，那我們到底算什麼崗位、做什麼工作呢？」

「嗯……目前還沒有很明確的崗位，根據公司制度和行業特點，你們要下工廠實習3個月，瞭解生產情況，以後才能更好地上來做好管理工作。」

我當時真的是倒吸一口氣，差點暈過去，什麼年代了還有這種實習制度。一般公司都是直接進入試用期，哪還有這麼落後的地方先有3個月實習期才能進入試用期。真不知道算是待遇還是遭遇，同時入職的一批分到其他分公司的人已經上崗操作了，我們幾個還要卷鋪蓋卷去工廠實習，想想都覺得真是個天大的玩笑。

但事已至此，無法反對和改變，自然只有無言以對，任人擺布吧！

## 9　三下工廠（一）

　　工廠？什麼印象？機器轟鳴、熱火朝天，或者枯燥乏味、得過且過。

　　我來自農村，沒接觸過工廠，對於工廠的印象更多是通過影像資料而有點瞭解，不過那更多是20世紀七八十年代人的生活，是父輩們的事情了。曾經進工廠當工人是很光榮也很實惠的事，現在也有工廠，但工人的職業地位已經不再像過去那麼「高大上」了，對於工人職業的推崇早已經過期了，不再時尚也不再實惠。總之，那絕對不是一個當代大學畢業生所期待的地方。

　　儘管只是去實習熟悉化肥生產流程，可心裡還是有一千個、一萬個不願意，不知道那些領導是用心良

苦，還是沒理清思路，用這種方法過於「興師動眾」，也低估了我們。事實證明，這只是浪費大家的時間和精力。除了埋怨，我們找不到更好的方式去宣洩不滿和理解領導。直到我領到第一個月的工資——1,200元，這個數字讓我多少理解了領導的心態，即反正如此廉價，慢慢培養和備用也沒有多少成本。但是1,200元這個數字絕對是對我的侮辱和摧殘，且不說與期待的四五千元這個不算高的預期標準相差甚遠，與比平時的兼職收入都有較大的差距，更重要的是比當時的基本工資1,500元還低，太打擊人了！遇到這一系列的糟糕情況，我內心一次次失望透頂，自然不可能有好的心態去面對枯燥乏味還「牛頭不對馬嘴」的實習生活。

　　我們去的這個位於郊縣的生產化肥的化工廠曾經是還算風光的小型國有企業，在市場經濟的浪潮中逐漸腐朽沒落，被兼併重組之後改進了工藝，勉強還能維持生計。但除了工藝流程改進、產品與市場接軌之外，其管理風格還是一成不變，績效考核依然死板僵硬，基層工人怨聲載道、消極被動，改革的受益者只是投資者和少數管理人員。

　　當我們幾經周折達到廠區，看著管道複雜的工

廠、簡陋的辦公樓、冒著滾滾白菸的菸囪，聞著彌漫著刺鼻的尿素味道的空氣，我們的心都涼了。

　　四處打聽之後終於找到廠裡人事處的處長，他是一個看似文雅卻很有城府的白臉中年男人。這種企業雖然待遇不能和外面民營企業和外資企業比，但管理人員工作技術含量低，壓力也很小，每天上班也是喝茶看報的生活，自然滋潤得白白嫩嫩的。他不冷不熱地接待了我們，簡單地安排了我們的住宿和實習計劃，然後就安排一個女秘書打發我們走了。

　　沿著廠區通道，繞過奇形怪狀的生產設備和裝置，穿過喧囂和污濁的廠區，我們來到了旁邊的家屬區。家屬區是十幾棟有 20 年左右歷史的老房子，很有國有工廠家屬區的樣子，和經常在電視裡看見的那種差不多，與外面興建的華麗住宅小區格格不入。女秘書領我們來到一棟大樓前，一些已經破敗的裝修情況還是看得出這棟樓曾經熱鬧過。女秘書說這是曾經的工廠賓館，因為工廠屬於國有企業，所以附屬賓館雖然虧損但依然維持了幾年，如今工廠改制，沒有誰願意承包經營這不在鬧市區無人問津的賓館了，它也自然破敗不堪，後來以很低廉的價格租給私人做麻將鋪，樓上的房間偶爾接待一些不受待見被打發到這裡

栖身的工廠實習生和出差的工人。

　　開始聽她說這裡簡陋，我們還以為她是客套謙虛，雖然簡陋些，但只要整潔，我能也都能接受。上樓後看到的場景確實讓我們發矇。三樓以上基本上沒人住，二樓也只有幾間房偶爾有人光顧，有點陰森的感覺。破舊的房門裡面，兩張簡易小床，被子是幾十年前的那種，雖然洗過但還滿是灰塵。沒空調不說，風扇也是壞的，而電視機是最老款的黑白電視，沒天線，收兩個當地電視臺還雪花點點。更差勁的是公用洗漱間，一排水龍頭早已銹壞，偶爾有兩個能出水，結果出來的卻是乳白色的「牛奶狀」液體，因為廠裡的水是被污染過的，所以加了過多的漂白粉之類的東西才會如此，刷牙洗臉要沉澱半天才行。衛生間無水、無門、無人打掃，難以下足……如此種種，事過多年我寫到這裡還是忍不住想吐。

　　簡單安頓之後，我們三個人碰頭去周圍熟悉一下工作和生活環境。看著這「險惡」的地方，想到要在這裡待上一個月，連同想到公司來這段時間的冷遇，我們忍不住在一起瘋狂地抱怨了一陣，簡單購買點生活用品，胡亂吃點東西就回到那個破舊的「窩」休息。沒電視可看，大家也沒心情在一起玩兒，於是

早早躺下。沒風扇、沒洗澡，再加上忘記買蚊香，黑夜中蚊子嗡嗡地伴奏，不免心煩意亂、輾轉難眠。

失眠自然是難免的，一來是換了糟糕的新環境很不適應，二來想想畢業這段時間的種種經歷，更是心有怨念而久久難平，難道這就是我寒窗苦讀近二十載換來的結果嗎？太多太多不甘心，但當時涉世未深，未來一片茫然，雖然之前對現實的嚴峻有過設想，但絕無充足的心理準備，目前除了暫時靜觀其變也別無他法，於是我決定將所有的想法和理想暫時裝進「心箱」塵封，先得過且過，熬過這段痛苦的實習期再說……就這樣，不知不覺地睡過去了。

一覺醒來，已經是大白天了，忘記定鬧鐘，發現要到上班時間了，於是叫醒同住的小明，再衝過去叫晶晶，簡單洗漱後衝到工廠。雖說只是來實習，也做不了什麼具體工作，但多少也得注意下形象，遵守上下班作息規定。

根據工廠的生產流程，我們的實習分為三個階段，分別是去兩個生產車間和一個銷售車間。化工廠的生產流程很複雜，不是我們這幾個學財經的學生胡亂倒騰幾下就能弄明白的，那些接待我們的工人也覺得匪夷所思，我們更是無可奈何。不過，想想那些剛

剛從對口專業學校畢業的大中專生，要長時間面對這些枯燥乏味的東西，相比之下我們只是這裡的過客，走馬觀花看幾天就走，想想心裡便也舒坦了不少。

　　與其說是來實習瞭解化工生產專業知識，還不如說是來體驗生活。我們三人每到一個車間，都會裝著很謙虛、很認真的樣子問這問那。特別是晶晶，頂著那張胖乎乎的瓜子臉，撅起粉嘟嘟的小嘴，眼鏡眨巴眨巴一臉無知裝萌，讓工人師傅很有傾訴欲和成就感。我們心裡忍不住偷笑，雖然完全不感興趣，並且也聽不懂，但還是假裝配合一下。不過這樣的詢問和「學習」最多就是頭半天，剩下的一個禮拜時間，更多時候大家是無聊的，機器都是自動運轉，工人師傅也很是無聊，成天面對著那堆或冷或熱的破銅爛鐵，沒太多事情做，沒有電腦網絡這些東西解悶。我們還能聽到他們發牢騷，工作的無趣、倒班的艱辛、環境的惡劣、收入的微博，總之是人生苦悶，看不到光明和希望，他們還不斷安慰和羨慕我們。想想他們說的也有點道理，相比之下，我們也只是來這裡走馬觀花地看看，我們知識結構不一樣、觀念也不一樣，不會永遠被關在這裡作井底之蛙，於是我們心裡也順暢了不少。

接下來幾天我們就處於無組織狀態，既沒人過問又沒人搭理，每天去車間應個景，百無聊賴地在車間閒逛打發時間。

反正上面領導沒給我們規定具體期限和業務考核內容，下面的領導亦不關心我們的實習進程，我們也開始動起腦筋打點「歪主意」，決定每個車間待一個禮拜，待滿三個禮拜就撤。接下來的日子裡，我們就安安心心地得過且過，能混就混，有吃則吃，該睡就睡⋯⋯這樣下來三個禮拜的日子倒也過得挺快，時間一到，我們就毅然決然地提著行囊回城。當時的感覺就是一種重獲新生和自由的感覺，希望再也不要來這裡了。

## 10　三下工廠（二）

　　當我們三個開開心心地回到位於市區的公司辦公室時，領導一臉意外，不滿地問道：「那麼大一個工廠，那麼複雜的工藝，你們三個禮拜就實習完了？」

　　「我們又不是學化工專業的，瞭解的也只能是皮毛，況且我們以後的工作也無需那麼多技術知識，沒必要浪費那麼多時間，在那裡幫不了忙反而添亂。」我胸有成竹地回答。

　　儘管知道領導的意圖是打發我們去消磨時間，沒指望我們能做什麼，重要的是磨磨我們的書生氣、銼銼我們的銳氣。我們說的也不無道理，況且我們已經背著行囊回來了，三個禮拜他們根本沒關心過我們的動態想必也深知我們在下面更是無人問津，因此不好

## 10　三下工廠（二）

再叫我們馬上又回工廠，只得作罷。於是我們又恢復到剛來公司的工作狀態，只是此時的心情大不一樣，只要回到城市就好，即使依然是閒著無聊。

雖然同樣是無聊，但我們已經沒有剛來的慌張，因為有了在工廠更鬱悶的經歷，所以有點劫後餘生的感覺，開始享受起這種無聊了。我們三個熟絡起來了，可以時常高談闊論調劑一下，或者上網瀏覽和打打游戲。我又從家裡帶了一堆書，有英語書、專業書還有勵志小說，一方面繼續充實自己，另一方面鼓勵自己走出黑暗向往光明，這下反而仿佛又找到了在學校的感覺。

一晃又如之前那樣無所事事地過了兩個禮拜，確實還是找不到什麼事情可做，看我們成天這樣閒著也不是辦法，再叫我們去工廠實習也說不過去，於是領導們又惦記著把我們派到下面另外一個子公司實習。

其實這次去的子公司就在上次那個工廠的旁邊，進門之後一大片荒蕪的草地，然後就是一個破敗的車間，嚴格意義上說這裡的工藝只是完成原料混合，因此談不上太先進的工藝，廠區自然簡陋蕭條。旁邊有一座二層辦公小樓，一樓是倉庫，二樓辦公室也沒幾個人，只要走一遍，對這個廠尷尬的狀況大概也能預

測幾分。

吃住依然在上次那個破舊的招待所，有了上次對這裡環境的打擊性接觸，這次再到類似環境，除了有些憤懣，卻也從心裡麻木地接受了，不再那麼痛苦絕望。這個子公司規模小很多，產品屬於後向延伸產品，工藝非常簡單，因此經營管理模式算得上是「自然粗獷」，不過這倒很適合我們融入，不至於像之前的實習那樣完全找不到節奏。

由於產品技術含量低和生產規模小，這個子公司一直掙扎在生死存亡的邊緣，下面的人也干得毫無勁頭，因此才會啟用年輕人。這個子公司當下的任務就是盡量拓展市場，找點業務以維持生計。

對於這種情形，我們幾個門外漢自然也是愛莫能助，這不是我們發揮一下所學知識就能在這裡搗騰出一番新天地的。對於這一點各級領導認識都很一致，因此沒對我們抱太大希望。

這個子公司的領導是一個年輕的小伙子，長得「醜帥醜帥的」（不是那種絕對的帥哥，甚至有點醜，但有時候看著又有點帥），很有激情，也很衝動，油嘴滑舌，有時候還有點怪、有點壞。他領導著幾個中年男女，再結合這個破敗的工廠，讓人聯想到一支四

處遊走的雜牌軍，沒有氣勢，關鍵是沒有靈魂。我們幾個貌似天之驕子的新鮮血液實乃乳臭未干、鬱悶煩躁的小牛犢，與他們再一混合，更顯隊伍雜亂無章。

這個小領導就是我第二段實習經歷的線索人物。他姓湯，當面大家勉強叫聲湯總，拍馬屁則叫他「湯司令」，不過我們這三個新來的背後喜歡叫他「湯二娃」。這是戲稱，言外之意就是他有時候言行舉止有點「二」，不過這也是昵稱，因為他有時候傻乎乎的還有點可愛。

我和他的相處有點尷尬和微妙。一方面，他學歷不高，對高學歷的人有種天然崇拜，同時我行動力還行，不算特會來事但也不至於讓人討厭，因此他還算比較重視我，當然這只是我臆想的。可是在這個平臺上，他也安排不出太多很有技術含量的工作給我。另一方面，他比我大不了多少歲，學歷沒我高，而且我是總公司派下來的，我對於他所謂的粗獷式領導風格和措施不怎麼臣服。不過反正只是混混日子，也不去計較那麼多，況且他的激情、衝勁、閱歷和臉皮厚這些方面是我不得不佩服的。

我們開始了到公司以來最辛苦也是最充實的職業旅程，每天跟著幾位老業務員，開輛破麵包車，去周

圍的場鎮拜訪老客戶，遊說他們購買我們的產品。這些專營農業物資的網點，經營規模比較小，而且基本上都被一些大型品牌企業占領，因此推銷工作難度很大，除了偶爾有老客戶礙於面子勉強訂購一些，收效甚微。整個夏天我們都穿梭於成都周邊各郊縣的場鎮，雖然工作比較累且沒什麼技術含量，但還好可以呼吸田間的新鮮空氣，能吃吃周邊的鄉野風味，同事相處也輕鬆幽默，日子沒什麼希望也不至於每天枯燥鬱悶。

這期間還是有兩件事讓我記憶比較深刻。為了配合新產品的營銷推廣，G總安排我們製作一套營銷方案。這可是大好機會，我們幾個學的就是這些，來了幾個月了，終於聽到點專業術語，做點有技術含量的對口工作。於是我們幾個搬出營銷書籍，好好地設計了一下。

當我們滿心歡喜地把一份自認為很有技術含量的策劃書交到G總那裡，G總很快「掃」完了，然後給出意見：「寫得很好，很有理論水平，不過不具有可操作性！」

一語點醒夢中人！其實稍微想想也應該知道，這個地方、這種破機制，書上那一套搬過來確實無法

實施。

不過話說回來，既然領導知道這破地方無法實施這些，還整那麼崇高和先進的理想來洗腦幹什麼？不過既然是無法實施，那也怪不得我們，巧婦難為無米之炊，我們交差就行。

「湯二娃」是一個典型的理想主義的領導，個頭不大，腦瓜子卻轉得飛快，正值人生最有激情的年齡，經常用一些空洞美好的願景來武裝我們。雖然只是一個小企業的算不上多先進的產品，卻試圖用大品牌的大手筆，先對農民用戶的使用習慣進行培養，以期達到推廣產品的目的。這個思路是不錯的，可惜還是如我們的方案一樣有些不自量力。

在「湯二娃」這種理念指導下，我們又被安排了一件事，就是辦一份宣傳報紙，以宣傳農耕施肥等科普知識為主，推廣產品為輔。

這可真是有點難為我們了，我們又不是學農技的，私底下小明和晶晶更是直接以「不懂」和「不擅長寫作」為由，將這麼「高難度」的事自然而然地推給了我。

好在我平時還算喜歡舞文弄墨，雖然這方面我也不懂，但有了網絡，只要有選稿的水平和眼光，此事

也不難。於是沒幾天時間，我就根據主題把需要的稿子和圖片選好，再寫上一篇刊首致辭，就算完事。倒是接下來製作設計挺費工夫，和編輯來來回回協商好多次才定稿。

當一份製作精美的報紙拿到手上的時候，儘管其他人都不以為然地覺得這是在一廂情願地浪費錢，但G總很喜歡，我也覺得很欣慰，總算做了一件能體現自己水平的拿得出手的事情了。雖然這份報紙也只是辦了兩期就戛然而止，但對我也是不錯的嘗試和鍛煉，至少在後來很多面試中人家問到我第一份工作做了什麼成績，我也能說出個子醜寅卯來。

不過這段時間我接觸得最多的還是「湯二娃」，他出差都喜歡叫上我，這樣我就比其他兩位多了出去「見世面」的機會，其中最重要的一次就是去雲南出差，主要就是去拜訪一些客戶，拉點新的訂單。

以前上學一直很向往出差，可以到處見識風土人情，而這次跟著領導去沒什麼任務和壓力，況且還沒去過雲南，聽說風景如畫，早已心馳神往，這次出差對我來說簡直就是免費雲南遊。

其他人告訴我，以前出差都是「湯二娃」在天上飛，業務員在下面坐著火車跑，本來坐飛機不算什

麼了不起的待遇，但經他們這一比較，我這次能和「湯二娃」「雙宿雙飛」真是應該感恩戴德、受寵若驚。

不過兩個大男人一起出差還是很尷尬的，主要是沒什麼共同語言，很多時候我們都無語，比如轉車途中如果車很空我就坐在離他遠遠的地方欣賞窗外的風景或者睡覺。趕車和吃飯說點零碎的話即可，最難熬的是晚上，沒話說，我想看電視而他又在不停地打電話……我索性蒙頭睡覺。

雲南之行總體來說還是很開心，雖然只是走馬觀花地看雲貴高原的藍天、白雲、陽光和美景，享受美味水果、大米和美食，但足以讓我滿足。我還向「湯二娃」學習了很多與人打交道和商務談判的技巧，也算受益匪淺。

回來之後日子又趨於平靜，稀裡糊塗地混著。我們參與了這個子公司的各項工作，但算不上用心用力，後來的銷售也未見多有起色，我們也逐漸退出這個子公司的事務。後來聽說這個子公司換了領導班子，再後來搖搖欲墜的子公司最終因為一場盜竊就徹底破產了。

## 11　三下工廠（三）

　　就這樣渾渾噩噩一晃半年過去了，轉眼就臨近春節了。這段時間公司的工作除了偶爾吃吃喝喝，搞點團拜表演什麼的就幾乎再無其他了，雖然日子比較輕鬆，不過我的心裡很不是滋味。本來是近二十載苦讀畢業後進入社會的第一年，應該有點衣錦還鄉的感覺才對，可是想著那一千多元的工資，還有那可憐巴巴的一千元過節費，我都不好意思回鄉面對家鄉父老，而且未來迷茫，這個春節心裡有多苦只有我自己知道。

　　春節假期一過，回到單位，擺在面前的又是我們何去何從，上面的機構設置依然如此，我們自然又沒什麼工作可做。無奈之下，領導們又做出一個讓我們

欲哭無淚的決定，說我們第一次下工廠去實習不夠深入徹底，讓我們再去第一次實習的子公司繼續實習。

雖然對他們反反覆復混亂甚至無厘頭的決定已經深惡痛絕，但我們內心也麻木了，還能怎麼樣，我們就是砧板上的肉，任人擺布而已。

這次我們實習的範圍縮小了，不再去瞭解什麼工藝流程，只去銷售部門實習。所謂的瞭解銷售，由於產品性能穩定而且有一定的經營歷史，已經有穩定的銷售渠道，所以我們能做的頂多也只是在銷售櫃臺開開票、發發貨而已。

由於產品是24小時連續生產，供需也基本平衡，基本上沒什麼庫存，所以銷售部門也須三班倒24小時上班配合生產及時銷售發貨。因為我們是新人，工作還直接涉及錢財，自然不可能讓我們幾個新人獨立值班。有熟手帶著我們，我們必須跟著倒班，讓我們體會一下基層工人熬夜倒班的滋味。

其實這些工作本身也沒太高技術含量，而且也不會一直都很忙，難免也有些枯燥無聊，不過比起在車間實習，這些工作我們好歹能上手操作，多少也充實一點。

雖然工作並沒有多大挑戰，倒班熬夜也沒有什麼

成就感，但我們對這個子公司的銷售客戶與供需狀況有了比較清楚的瞭解，而且到子公司這麼長時間以來，我們第一次有了暫時固定的工作崗位和職責，心裡不再那麼虛無縹緲，每天吃飯、睡覺、上班沒心沒肺地生活了一陣，也算暫時讓鬱悶的心靈稍微得到一些釋放。

公司總部主管這個子公司的副總還經常光顧一下銷售處，有時候還關心一下我們的工作和生活，也教我們一些東西，終於能讓我們感覺到一絲存在感和溫暖。

快樂和輕鬆只是短暫的，我們不可能一直這樣無名無分地實習下去。果然，這樣的日子大概過了一個月，正當我們開始有點習慣這種生活的時候，總公司來電話召我們回去，說是總公司設立了貿易部，我們正式找到組織了。

然而此時的我不能再像之前那樣因為要回城就滿心歡喜了，折騰、鬱悶了大半年了，我好像也開始醒悟了，開始思考自己到底想要的是什麼、這裡到底能給我什麼、是否應該想想其他出路，等等。這些比較嚴肅又現實的問題開始在我腦海中浮現和糾結。

## 12　出師未捷身先死

　　我們再次打包行囊，心事重重地回到總公司。其實一切和以前並沒有太大變化，就是正式成立了個貿易部，在原來自產自銷的基礎上承接一些買進賣出賺點差價的貿易業務。這樣的工作更大程度上體現的是領導的客戶資源和談判技巧，下面的人就是做些跟單發貨的雜事。「湯二娃」也由下面子公司調上來負責貿易部事宜，我之前對於他的能力和領導風格也有所瞭解，因此不難適應，但此時對於這個公司的管理風格、這個部門的發展情況以及自己在這裡的發展空間產生了諸多懷疑，心中也開始動搖了。

　　一方面，一開始招我進來並且接觸得比較多的 G 總希望我留在貿易部，在接觸中也感覺到了他很有激

情，思想也很活躍，但有時候也過於理想主義和自戀，之前做過的幾件事最終都以失敗告終就證明了這點，因此我對他的建議不是很有信心。而另一位副總，就是主管銷售、之前偶爾接觸的那位副總叫我去銷售那邊，我對他印象很好，溫和愛笑也很務實，可他下面的產品和銷售渠道穩定，我過去又能做什麼呢？還有就是這兩位副總同姓，而且有點血緣親戚關係，私下還有點微妙的權力爭鬥關係，我夾在中間，在一邊就得罪另一邊，以後同在一個屋檐下多有不便。這種左右為難的局面一直讓我備受煎熬！

另一方面，根據就職後大半年的時間裡我的觀察和經歷來看，我對這家企業的管理心中一直充滿了否定和排斥，離開的慾望越來越強烈。雖然經常都在瀏覽就業網站，也投遞過一些簡歷，但沒什麼消息，這就讓我處於進退兩難的尷尬境地：留下？未來看不到什麼希望，在可預見的未來也得不到什麼快樂！離開？我將何去何從，才畢業不久就失業，真的要一無所有了！這種進退兩難的彷徨一直在折磨著我！

由於有了這些矛盾的想法在心裡，雖然熬了大半年終於可以轉正，也辦好了轉正手續，但我卻遲遲不肯簽合同，這也讓人事處和領導感受和揣測到了我的

遊離，拖到後面讓他們有點被動和尷尬。最終直屬領導琢磨透了我在貿易部門與銷售部門的徘徊和走與留之間的彷徨，於是狠下一劑猛藥——勸我離職。

其實這個結果我早有心理準備，而且我就是被動地希望他們主動出招，這樣才能讓優柔寡斷的我最終毫無退路與留戀，乾乾脆脆地離開，離開這個我並不喜愛，並且期待逃離的糾結之地。

當然我心裡還是有點失落，他們都沒來做做我的工作，挽留一下我，讓我很沒面子，因為我知道不是因為我不稱職才讓他們這樣。我更失落的是，我的第一份工作，我千挑萬選、左思右想的畢業職場「處女秀」終究還是失敗了。我後悔自己的錯誤選擇，也更擔憂未來如何扭轉我目前的失意，真怕中了「男怕入錯行，女怕嫁錯郎」的魔咒。

還好我生在一個跳槽也不會不光榮的時代。最終我靈機一動，要求他們將我的離職報告改為辭職報告，還好他們配合，我也自欺欺人地贏回點尊嚴，以後換工作也好給下家更好的說辭，不是被踹而是主動炒老板。雖然聽起來還是有點幼稚，但這樣確實是必須的，就像一對並不相愛的情侶，某一天一個人提出分手，另一個似喜似悲地回應，而且說早就想踹掉對

方了，看似為了挽回可憐的尊嚴，其實也是一種宣洩、釋放和解脫。

寒窗苦讀近二十載，我欣然踏入社會的第一份工作就這樣結束了，雖是初出茅廬，但出師未捷身先死。短短幾個月，我經歷了人生中一次重大的打擊，身心疲憊。

寫這部分寫得很不順，或許這種感覺才是我當時生活狀態和心態的真實寫照。對於人生中第一次正式工作的經歷，我一直不想回首也不想回味，因為對我來說的確太痛苦了，太多的失落、失意、傷心和絕望，人生中最寶貴的一年卻這樣無名無分無所作為地度過了。但是這段經歷畢竟是我人生的重要經歷，既然曾經跋山涉水艱辛地度過，也就無法從人生中抹去。

第一份工作在以後的無數次面試中都會被提及，每每被問到之前做過些什麼、為什麼離開，我都有點無言以對，因為我的確好像沒做出過什麼值得一提的成就。至於離開的原因，雖然前面述說了對公司的種種不滿，但我身上的缺點和毛病也是不能忽視的，因此對於這段失敗的經歷我還能辯證地看待，每次回答這個問題我都盡量既客觀辯證又模糊地應付過去，好

在別人往往也不會過分糾纏。

寫到這裡，回想起那段經歷依然滿眼是淚！

如果可以重來，我希望沒有經過這裡！

但人生終歸要繼續，外表柔弱內心剛強的我絕不會輕易認輸，擦去辛酸的眼淚，繼續在布滿荊棘的人生路上砥礪前行。

路漫漫其修遠兮，吾將上下而求索！我繼續徵戰在求職戰場，屢戰屢敗，屢敗屢戰，我變得越來越堅強和「聰明」，甚至是瘋狂。好在我雖然有些放蕩不羈但沒有破罐子破摔，在不斷的打擊和失敗中追求著夢想，也修正著自己的性格和慾望。

## 13　餓馬先吃回頭草

　　雖然是解脫了，但這段不堪回首的經歷卻在我的人生旅程中打下深深的烙印，最寶貴的歲月卻沒能做出點成績留下點快樂的記憶，的確很遺憾。

　　當我辦理交接手續的時候，我再次確認，在公司的一年，我沒和多少人有過交集，也沒有多少工作需要交接，移交完辦公用品後，我默默地抱著用來打發無聊的厚厚的一摞書離開，甚至都沒人和我告別。領導們認為我是咎由自取和不識抬舉，同事們像看瘟神一樣對我充滿不屑，只有一位不知內幕的同事送我下樓，我從此和這裡的人形同陌路。

　　懷舊的我本應對這裡有所留戀，但既然它無情地拋棄了我，我也不會有一絲不捨。儘管如此，我的眼

裡噙滿淚水，深感人世的淒涼，更覺前方是一片茫然，各種失落和難過湧上心頭，淚水早已迷蒙了雙眼。

不過離開之後，我感到前所未有的輕鬆，不用過那種明明不滿意卻不得不忍耐，然後又絮絮叨叨地怨天尤人的日子了，弄得自己很沒個性、很不快樂，白白浪費了那麼多時日。

回到家的時候，我好像已經不那麼難過了，反倒是有一種壓抑很久之後釋然的輕鬆，是久違的哭過之後才會有的輕鬆。畢竟這個結果是我選擇的，也是我想要的。接下來就該盡快結束頹廢憂傷，重整旗鼓，當務之急就是趕快找工作，以免閒散在家被現實壓力消磨完了鬥志。

之前的各種糾結都有向父母傾訴過，雖然他們也一直勸我從長計議，但看我那麼難受也知道無法繼續。我突然不知道怎麼去向父母交代，不是交代我做出的選擇和總結失敗的原因，而是交代未來的安排。對於未來，我也很茫然，雖然我也想「騎驢找馬」，而且曾經也嘗試過，但還沒找到合適的「馬」我就迫不及待地下「驢」了。畢業一年後，我一無所有地回到了原點。

一朝被蛇咬，十年怕井繩。第一次失敗的經歷是痛苦也是財富，有了第一次刻骨銘心的切身體會，我也從懵懂的畢業生成長為社會人，以後找工作要考慮的因素多了很多，行業、企業、崗位、薪酬和發展前景等。

正如前輩們經常警示的那樣，不是社會適應我們，只有我們去適應社會，很多東西都不能如我們想像的那樣完美，況且我們趕上的正是人才供大於求的時代。

雖然競爭激烈、擇業難度大，但好在擇業渠道拓寬了很多，有了網絡，即使足不出戶也能獲取大量招聘信息，按照自己的要求和標準從中選擇合適的崗位，一封郵件就能輕鬆投遞簡歷。

我投遞的簡歷雖然多，但不知道是高估了自己的能力，還是一廂情願地認為自己適合那些崗位，抑或是用人單位招聘信息披露不充分，無論網絡投遞簡歷還是參加現場招聘會，大量的簡歷最終都石沉大海杳無音信。

在家待了才兩個禮拜，我的心態就開始急躁了，不甘心就這麼淪落為「啃老族」。

都說好馬不吃回頭草，可事到如今，我不敢這麼

快斷定自己是不是好馬，但眼下確實是一匹餓馬，先吃飽再說！

想起畢業前自己拒絕的一些工作意向，我雖然心裡不想吃回頭草，但當下已經顧不得什麼尊嚴了，於是開始在腦海裡搜索回憶。

其實畢業就業時，確實還有另外一個選擇讓我左右為難地糾結。那是在一次招聘會上接觸的企業，當時那場招聘會號稱是中高級人才洽談會，參會單位招聘的全是高級管理人才，不僅要求學歷高還要經驗豐富、能力強。雖然有著研究生學歷，但缺乏社會閱歷的我心裡很是沒底，基本上很多單位的展臺我都知趣地不敢去諮詢。我發現一家在成都郊縣的民營企業，雖然招的也是具有5年以上工作經歷的總經理助理的崗位，但我想這家企業位置偏僻，他們應該不會太牛氣，畢竟很多優秀的人都不願意去，於是我就壯著膽子去諮詢一下。人力資源經理果然如我所想很低調，我的閱歷不符合條件，他也沒顯示出不屑和不耐煩。我繼續發動攻勢，利用我的口才遊說他，後來他終於有點動心，決定收下簡歷回去考慮之後再聯繫。後來我果然收到了他們的面試電話，經過幾番折騰找到他們的工廠，總經理（也是創始人）和我溝通之後還

算滿意。我回來沒幾天就收到他們的錄用電話，但我還是嫌棄位置太偏而婉拒。

我現在是被逼得沒有退路了，儘管還是不願意去那偏遠的地方上班，但想想他們不菲的薪資以及對我的認可，這些對於我重塑信心非常重要，於是又半推半就開始聯繫他們。

想想和他們最近一次聯繫差不多也是一年之前了，早已沒了聯繫方式，也不可能直接衝過去，而且說不定人家早已經有合適的人選了，不可能一直空著那麼重要的位置。我還是抱著試試的心態，從網上搜索到了這家企業的電話，幾經周折找到了之前和我接觸過的人力資源經理。當電話接通時，我卻感到莫名地慌亂和忐忑不安，慌亂的是怕人家見笑我一年之後再吃回頭草還奢望人家等著我，忐忑不安的是如果真的還有機會自己是否會心甘情願地去死心塌地地干。

「你好，請問是哪位？」是一個中年男人接聽的電話，聽那優雅的聲音就知道是他了。

「哦！你好，我是×××！」對方一時沒反應過來，確實換了是我也會想不起來。於是我趕緊將我的情況以及一年前與他們接觸的經歷告訴了他。

「哦，是你啊，請問有什麼事嗎？」

「嗯……」我欲言又止，這倒是把我問倒了，但事已至此肯定只能開門見山。

「之前不好意思，我最終沒來貴單位，我現在已經辭職了。之前我們認識也是緣分，如果有緣還是希望合作一下，不知道你們那裡是否還需要人？」幸好只是電話聯繫，儘管只是電話聯繫，我已經滿臉通紅且發燙了，既沒想到自己居然也會這麼主動大膽，又也沒想到自己也會如此厚顏。

我能感覺到對方已經被我的突然襲擊打蒙了，思考了好一會才反應過來說：「這個我得向領導請示以後再給你答復。」

這個答案有點值得推敲，既沒明確拒絕我，又沒肯定答復我，不過這也提供了充分的信息，這事也許還有機會。

於是我抓緊時間答道：「今天冒然打擾有些唐突，還望見諒，不過有什麼情況你可以隨時和我聯繫，我現在的電話是×××！」

「那好吧，再見！」

對方掛了電話之後，我終於放鬆下來，也很激動，即使這事不成，至少今天主動聯繫也算是對我性格的一次挑戰，況且這事兒還有轉機。

僅僅過了兩天，他就和我聯繫了。看見他的電話號碼，我按捺不住興奮與激動，卻又故作平靜地接通電話：「你好！」

「你好，我是××公司的人力資源經理，關於上次你提到的事情，正好我們總經理助理最近也辭職了，我向領導請示了，他同意你再來談談！」

「好的，好的！」我欣然答道。

約定了時間之後他掛斷電話，我的腦子裡又開始胡思亂想，想想上次去面試的場景、想想當時的考慮、想想為什麼他們的總經理助理還是沒待多久……不過事已至此我已經沒有回頭路了，總不能再次不講信用耍別人了，於是我下定決心去面試。

面試的經歷和上次如出一轍，雖然路途曲折但很快就達成了一致，臨走時約定了下周就上班，不過我謊稱自己還有些事要處理，希望推遲一周，對方沒說什麼就答應了。

預留這一周，是為了慶祝我這次主動出擊失而復得的成功和收穫；預留這一周，是準備出去旅遊一下，補償自己無奈選擇和「流放」偏僻郊野的失落。

## 14  感受空降的眩暈（一）

回到家，我在父母面前好好把自己稱讚了一番，其實真沒什麼值得炫耀的，只不過讓父母吃顆定心丸，兒子至少在努力不做無業遊民。我宣布要休息一周，旅遊一下準備好好上班，父母也欣然同意，於是我輕輕松松地悠閒了幾天。

越是臨近上班的日子，心中越是不安和糾結，依然有一些不滿意和未知的不確定感困擾著我。不過我已經沒有退路了，只能硬著頭皮走一步算一步了。

雖然工作地點在郊外，但每週還能休息一天，回一次成都，而且初夏已到，我只收拾了簡單的行囊就出發了，與其他同學的北上南下相比，我的行程完全沒有什麼慷慨激昂可言。

之前兩次前去面試都是直奔主題，將第一份工作的失誤重點抓住，弄清了崗位和薪資，但又顯得功利和浮躁，對企業的具體情況並未做深入瞭解，到了之後才發現對將要托付自己的這個組織非常陌生。

人力資源經理接待了我，給我交代了一些情況，然後把我帶到屬於我的辦公室，再帶我到總經理那裡報到。

總經理姓Y，有著近乎光頭的短髮、粗壯的身材、黝黑的皮膚，這種形象很難和一個企業最高領導的氣質結合起來。他既非出身豪門，也不是高級知識分子，而是從一個殺豬匠出身，艱難地完成原始資本累積，然後很聰明地在豬皮上找到商機，逐漸做起了皮革生意，近年來又開始延伸到皮裝加工，並進軍國際市場，目前資產規模已上億元。

正當我很難將他「一介屠夫」的出身與企業最高領導聯繫起來的時候，他冒出的一連串的專業術語更讓我驚詫不已。他沒有太具體交代我要做些什麼工作，只是談了他對這個企業近期的規劃和願景，使用的術語都是書本上最時尚的詞語。我知道他不是專家學者，但能熱愛學習並將這些新潮理論用得恰到好處，其後天的努力更讓我敬佩不已。

## 14　感受空降的眩暈（一）

　　相比之下，我口頭上把自己武裝得很專業，其實在職場上只是一個稚嫩的小毛孩兒，心裡更希望他好好調教我，而不是把我當成那種很有經驗和職業素養的管理者來看待。但信息不對稱又缺乏心靈溝通，人家招人是為了做事、創效益，我則幻想太多的溫馨了。總之，談完話我依然一頭霧水，這為我後來始終找不到狀態埋下了伏筆，缺乏有效溝通也是Y總頻繁換人折射出的管理中的一大缺陷。

　　回到辦公室我才回過神來，剛才的談話就像做了一場夢，還沒好好消化就要醒過來面對現實了。辦公樓共三層，房屋不新，裝修也不豪華，我的辦公室就在總經理對面，很簡樸，但還算整潔。這是我第一次享受一個人一間辦公室的待遇，所有辦公用品也都給我準備好了，我真的有點當官的虛榮和眩暈了。窗外就是一條鄉村公路以及茂盛的樹木，知了孜孜不倦地躁動地叫，我內心相當平靜，再次就業第一天的心情比畢業後第一天上班時的心情好了很多，全然沒有了當初的緊張、羞澀、拘謹和鬱悶。

　　辦公場所在場鎮的一頭，背後是製革生產車間，在場鎮另一頭企業還購買了一塊地規劃了新廠區，主要是皮裝生產，宿舍也在那邊。

下班後我被帶到給我安排的宿舍時，心中又有些失望，很簡易的宿舍區，公用浴室和衛生間，最要命的是房間除了一張床，什麼家電都沒有。人生地不熟，晚上的時間怎麼打發，我心中頓生孤寂淒涼。不過好歹提供了免費住宿，還一人一間，這種待遇在其他地方基本上不可能，這樣想想心裡也就坦然很多了。

　　晚上半天睡不著，後來昏睡過去，一早醒來發現臨近上班打卡的時間，心裡一陣緊張，我一向很有時間和紀律觀念，況且我還不大不小是個「官」，於是匆匆洗漱衝向辦公室。

　　昨天坐車從辦公室到宿舍區只幾分鐘，結果早上走路趕到辦公室還是覺得路途遙遠。場鎮集市非常熱鬧，有點像在老家趕集的場面，豬肉好像很新鮮，蔬菜也不錯，還有很多土特產，蠻有趣的，但我沒心情關心這些了，早飯都來不及吃就衝向辦公室。

## 15　感受空降的眩暈（二）

　　其實要迅速瞭解一個單位的真實情況有兩種有效的途徑。一種就是和公司的年輕人盡快混熟，公司好的壞的可以在幾天內知道個大概，但我才來公司，基本上不認識人，暫時不能用這招；另一種更權威全面的方式就是參加公司中高層例會，公司好的壞的一覽無餘，幾小時搞定，不過這不是一般員工隨便就能參與的，而我作為一個管理層人員進入公司，有幸能參加公司的高層例會，縮短了對公司瞭解和認知的過程。

　　正如前面所說，公司是Y總白手起家創立起來的，發展到如今這麼大的規模，管理網絡還是以Y總為中心的各種裙帶關係交織的家族式管理網絡。比

如財務負責人是 Y 總的夫人，採購負責人是 Y 總的弟弟，服裝生產負責人是 Y 總的舅媽，銷售總監是 Y 總的妹夫等。這種管理模式的利弊大家都很清楚，在企業發展壯大之初很有必要，但是到了一定規模和水平就會成為制約企業發展的瓶頸，總之我這個 Y 總欽點空降的高級知識分子與他們格格不入，以後的工作很難開展也是自然而然的事情了。

開完第一次中高層會議之後，我對公司的概況有所瞭解，但要想真勝任這個統攬大局類似副總的職位，確實還有太多東西需要瞭解和學習。在我和 Y 總溝通之後，彼此都覺得我很有必要深入基層瞭解情況，於是 Y 總安排我去各部門實習，瞭解情況，上面有事隨時叫我。我首當其衝選的就是外貿部，因為我是學國際貿易的。

在公司的頭幾天，看到的不是那些對我視而不見的家族管理者就是生產工人，就沒看到幾個新生代知識青年，這讓我很是鬱悶，結果到了外貿部才發現這裡藏著一群年輕人。或許是因為工作的知識結構和專業水平要求，外貿部匯聚了四五個大學畢業不久的大學生，是公司難得一見的學歷較高、年齡較小的團隊。但是這個團隊裡很多都是長相一般卻又很內向的

## 15 感受空降的眩暈（二）

女孩子，不知道是性格原因還是不熟悉的原因，我覺得並不好與他們溝通。

雖然我是以總經理助理身分下去實習，但我完全沒有領導的風範，因為我的年齡不大，關鍵是我根本就不熟悉公司。礙於我的領導身分，他們也不好安排我做具體的事，更多時候我是無所事事的，很是空虛無趣，只能盡量多問、多找些事情做，以期盡快熟悉情況。

幸好他們中有一位女孩子比較活躍，個子小小的，不算特別漂亮，但很聰明伶俐，辦事能力強，思維活躍，心直口快，除了辦事務實，也會有比較多的抱怨。這種人是比較容易接觸的，於是我充分把握這絕佳的切入點，從她那瞭解業務操作流程，也從她那裡瞭解公司經營管理更深層次的東西。

他們的主要工作是跟單外貿出口業務、收發國外客戶的訂單信息反饋給生產車間，每天的工作就是在辦公室電腦和成衣縫制車間之間來回奔波。

一群年輕人在一起，白天的日子還能勉強對付，但晚上一個人的日子相當難熬。一個人從鎮子一頭的舊廠辦公室經過已經收場的集市回到位於鎮子另一頭的新廠裡宿舍。傍晚的集市全然沒有了白天的喧嘩，

沒什麼可逛的和可買的，找家生意稍微好點的小飯館，一個人點兩個小菜寂寞地吃完，繼續往宿舍走。我不想那麼早回到那個冷清的房間，沒有電視、沒有網絡，與世隔絕無比孤寂。我寧可在街上多轉轉，或者走到旁邊的鄉間小路上，看著綠油油的稻田發呆，遙想燈火輝煌的成都。雖然郊區清靜，吃住便宜、空氣好，但我是適合大隱隱於市而不是小隱隱於野的人，我喜歡在鬧市中尋求清靜，感受不到時代的脈搏、時尚的律動和城市的溫度，我的心會非常淒涼。

# 16　自己將自己拉下「神壇」

　　日子就這樣一天一天過去，我想要好好適應和發揮自己的能力，卻總是進入不了狀態。每天早上從新廠宿舍穿過場鎮去舊廠辦公室，一個人走路，一個人吃飯，一個人上班，一個人睡覺，每天和我做伴的就是那間簡樸的辦公室和那臺半新半舊的電腦，還有無盡的遐想和孤獨。我始終就像這個場鎮的趕集客，遊離在這個場鎮和這家家族企業之外。

　　Y總基本上沒什麼事情交代我去做，我也沒有具體的職責和權力，因此基本上也沒人來找我，我可以一整天待在辦公室不和人說一句話。其實我的內心非常苦悶，既然下定決心來到這裡，而且是自願失業後好不容易爭取來的機會，我也很想好好表現，不辜負

領導的期望，干得長久一點累積經驗和財富，這種每天像花瓶一樣被束之高閣絕對不是我想要的工作狀態。

就這樣一晃就過了兩個禮拜，看似風平浪靜，我卻如同熱鍋上的螞蟻，令我焦躁不安的是我的青春和未來不能如此稀裡糊塗地閒置，況且Y總也不是傻子，不會一直養著我這個閒人。

經常見不到Y總的影子，我也沒人可以交流，我實在憋不住了，毅然決定快刀斬亂麻，要結束這場自己處心積慮卻自欺欺人的戲。於是我決定找Y總談話，不是溝通，而是告知他我的決定。

好不容易逮住他在辦公室的機會，我思前想後最後硬著頭皮走進去。

「Y總，您好！」我紅著臉說道。

「哦，小李啊！」他對我的到來有點感到突然，雖然我來了半個月了，而且辦公室就在他隔壁，但這才是我們的第二次交流。我在想，他是不是都遺忘了我的存在了。

「有什麼事嗎？」他接著問，可見他確實太忙了，無暇顧及用我、管我，任我自生自滅！

「Y總，我來了也差不多半個月了，和您交流也

不多，今天想找您聊聊！」

「那你說吧！」

「我反覆思考了許久，覺得我還是不太適合這裡！」

當我第二次找 Y 總溝通的時候，說的卻是辭職離開的事，Y 總先是很驚訝，然後是失望，最後是平靜。雖然只是僵持了幾秒鐘，但我能感覺到他表情如天氣般變化明顯又快速。

「為什麼呢？你才來這麼短時間，不用急著下結論吧！」Y 總耐著性子問我。

「Y 總您確實高估我了，我剛開始也高估我自己了，雖然我也曾努力，但我的閱歷和經驗尚淺，很難進入您的圈子。您是辦實事的人，需要的也是一來就能做事的人，而以我目前的狀況確實很難有所作為。」我把心裡的話一股腦地全倒了出來。

Y 總彷彿也突然意識到我來的這段時間和我溝通不夠，或許他也思考了我來的這段時間的表現。大家都應該平靜地再次審視對對方的期待和定位，結束對彼此或許都不是壞事。

就這麼幾句簡單的交流，他就答應了我的要求，這也再次證明了我的推斷。Y 總確實是個干實事的

人，雖然也有一些好的用人願景，但確實不擅長管理和使用下屬。畢竟我和他的親屬不一樣，他更多地可以用感情和利益去管理他們，而我和他不存在這種天然的聯繫，因此很難建立有效的溝通和合作關係。

就這樣，來之不易的第二份工作僅僅半個月就結束，像場夢一樣，經歷了很多，卻始終沒有真實的碰撞，我又回到了自願失業的狀態。或許因為有了前一次的經歷，因此這次比較果斷，而且也不會有太多的失落和傷感。

我現在回想起來，發現當時確實太浮躁和衝動了，可這或許就是我的性格，既然一開始都只是在勉強，或許待得更久對彼此的損失就更大。人生難免會走彎路，但不能讓走彎路的路程和時間太長，即使有時候是迴歸原點，至少我們還在正路上。我自知我有某些方面的潛質，但當時的時機確實尚未成熟，我能製造假象去欺騙別人，我卻騙不了自己的心，因此我頗有自知之明地把自己拉下「神壇」，免得最後被打回原型而無地自容。

## 17　空虛中誤入「歧途」（一）

　　相比第一次離職而言，結束第二份工作，我心中已經沒有太多後悔和遺憾，前前後後的折騰我也確實努力了，和他們有緣無分我也很無奈。

　　我們這一代人，在感情和婚姻方面，很難像我們祖輩、父輩一樣簡單又從一而終了。工作方面，我們也不像父輩那樣畢業就聽從國家分配，吃著「國家糧」一輩子守在那裡。新的人才機制給了我們太多自由，忠誠、歸屬、專一往往無從說起，我們有了喜新厭舊的權利，自然也要承擔波折坎坷的辛酸和無奈。

　　對於未來，我卻不能像面對過去那樣坦然釋懷，更多是茫然惆悵。直到現在，回想起碩士畢業之後虛

度的第二年還有點後怕，而當時只是覺得失落還不至於害怕，但現在想來，如果當時就那樣一直飄蕩過去，心態肯定會毀掉，最終結局極有可能自暴自棄、自甘墮落，父母那麼多年辛苦養育和自己的努力付出都將付諸流水。在別人眼裡應該是有大好前程的我過得多麼辛苦和焦慮外人都是無法想像的。

我的心敏感脆弱，骨子裡卻藏著堅韌，是之前在黑暗和憂傷的日子裡自己苦苦磨煉累積下來的。雖然一直在跌跌撞撞、磕磕碰碰，但我終究還是堅持下來了，並且強大起來。不過曾經的「不務正業」還是浪費了不少大好時光。

結束第二份工作後一晃已到盛夏，看著窗外驕陽似火，我的內心也煩躁不已。我每天坐在電腦前瘋狂地瀏覽招聘網站，但是投遞簡歷後能有幸獲得面試接觸機會的概率是比較低的，而且面試需要一系列流程並耗費一定的時間，總之過程是漫長熬人的。我只有海量投遞簡歷來增加面試概率，甚至有點饑不擇食，經常在別人打電話來讓我去面試，我都不記得自己何時投遞過簡歷，更談不上對單位和崗位的瞭解。

那段時間我成天在網上瀏覽各種招聘信息，心裡也沒有很明確的定位，覺得什麼都能做，但好像做什

麼又都沒有信心，投了很多簡歷，但基本上都是石沉大海，心情在等待中變得糟糕。於是我也開始抱著玩玩的心態投一些自己並不是很看得上眼的工作，其中有一份工作是在一家很小的公司做旅遊策劃，想像中做旅遊策劃應該蠻好玩的，便冒冒失失投了一份簡歷。

正當我在家酷暑難耐、煩躁不安之際，一天中午我正蒙頭昏睡時接到一個電話，讓我第二天去面試，我自然爽快答應，迷迷糊糊記下地址放下電話之後，我才想起連單位名字都沒聽清楚，無論如何也想不出自己什麼時候投的簡歷了，想做點準備都沒辦法。

第二天，雖然心裡懵懵懂懂，但我還算如約來到面試地點。來到一棟小型公寓式寫字樓前，我的心就涼了半截；敲開公司的門，我的心也就涼完了。

這是一套小戶型躍層公寓改造的辦公室，憑這點就可以在一定程度上判斷這家公司的實力。

當時我都想掉頭就走，但也不能太不給人面子，於是既來之則安之，至少勉強應付一下。儒雅帥氣的老總簡單問了我幾個問題後就說有事要出去，交代秘書讓我筆試。

「還搞得像真的一樣！」我心裡暗暗不屑。但我

還是堅持完筆試，筆試題目和我的專業風馬牛不相及，是關於旅遊和娛樂消費策劃方面的，好歹這些不算太冷僻、太專業的知識，我憑著學文科的累積，以「沒吃過豬肉但見過豬跑」的心態，應付完考試便匆匆離開。

我壓根沒想過老總會看上我，而且我也不期待他相中我，但生活有時候偏偏有心栽樹樹不活，無心插柳柳成蔭，僅僅隔了一天我就接到上班通知，這反而讓我陷入兩難境地。

去？像這種不屑一顧的地方，彈丸大小的辦公室，蝸居一樣的上班環境，還有如此草率的招聘流程，估計不見得是看上我什麼，只是難得遇到個可以打打雜的人，先用用而已，我豈願在這「破廟」虛度光陰！不去？整天在家無所事事，家人看見煩心，自己更覺得鬧心。最終我還是決定去，雖然只是打發空虛，有點「不務正業」，好歹幹的不是什麼傷天害理的壞事，遂無奈前往。

## 18　空虛中誤入「歧途」（二）

　　這種小作坊式的公司肯定不會招閒人，小小的20平方米左右的房間分上下兩層，一共坐了十來位員工，老老少少男男女女都很忙，我一去就沒能幸免。不過這樣很好，一來就有很具體的事情做，完全沒時間坐冷板凳，不會因空虛無聊而胡思亂想。

　　公司的組織結構很簡單，分為兩個部門，項目部負責接洽策劃，設計部負責電腦設計製作。老總給我兩個項目讓我選，一個是溫泉魚療推廣，另一個是某民族地區的50週年慶晚會。前者我不屑一顧，後者蠻有挑戰性，而且也是我一向感興趣的「文藝範兒」，我也不完全算門外漢，於是果斷選擇後者。雖然和我所學專業完全不相關，但我一向愛好文娛，電

視裡的大型晚會基本上不錯過，學校裡的大大小小的演出也沒落下，這些累積讓我對於做晚會策劃方案無師自通。一份完整貼切的晚會策劃方案，首先需要明確的主題，再挖掘出背後的一些東西，於是主要節目類型和風格就確定下來了。接下來就是具體確定舞蹈和歌曲等節目，以保應時應景，再物色合適的人選，配上相應規格的主持、舞美。幾方面完善豐富一下，成本開支及利潤核算一下，一份完整的晚會策劃方案就出來了。

於是我在網上搜索了該地的一些風土民情等信息，瞭解了這個地方的歷史和發展態勢，這份策劃案的內容又豐滿了不少。

有了這些如意盤算，我心中自然不虛，而且還沾沾自喜，能對與自己專業完全不相干的東西如此駕輕就熟，相信也算是有些悟性和多才多藝吧。

第一天就這樣過去了，還好沒我想像得那麼難受，於是我沒有馬上辭別，繼續見機行事，豈知後來的事情並不如自己想像的那麼簡單。

第二天一上班，老總就告訴我要去出差，去那個舉辦晚會的地方實地考察，於是老總和我還有綜合秘書小盧一起匆匆踏上行程。

## 18 空虛中誤入「歧途」（二）

老總親自駕車進入山區，離開成都還要走 300 多千米的山路，路途非常顛簸艱辛，老總如此辛苦，我心裡不禁有點內疚。雖然山路顛簸，但很久沒去過大山了，能如此親近自然，看看崇山峻嶺、大江大河，感覺很清新愜意。老總的話不多，幾個小時的沉默讓氣氛很壓抑，也讓他倍感疲憊，因此他時不時地你問我答式地聊聊天。他對我的一些情況做了更深入細緻的瞭解，算是彌補面試的倉促，我也瞭解到他是從某旅遊局局長職位上辭職而「下海」經商的，不僅僅為錢，更為自由和愛好，難怪他身上有股鍥而不捨的氣質。

考察很簡單，除了瞭解了一下當地的地貌和會場位置，連主辦方的人都沒見到，具體需求信息等其他關鍵信息都沒獲取到就一路顛簸著回來了。

結果回來我就遇到難題，雖然我之前在心中已經有了方案規劃，和老總交流之後，他並沒有驚奇我的駕輕就熟，而是要我將方案落實，這倒是我之前沒意識到的，或許這就是書呆子容易犯的眼高手低的毛病。

因為我之前並不是娛樂圈的專業人士，要聯繫那些藝人完全沒有渠道，況且這種小場面晚會也請不了

大牌明星，因此一再調整方案。老總只會催促我加快進度，也不讓我共享他的渠道資源，讓我自己去摸索。還好有網絡和電話查詢，我每天就在網上搜索相關藝人的信息和聯繫電話，但網上基本上查不出太多真實信息，只能查到單位。我再通過電話一遍遍查詢，落實演員出場費，聯繫成都本地一些歌舞節目以及場景布置器械租賃公司，最終完成了方案的落實。

　　現在回想起來雖然只是這麼簡單的幾句話，但當時的進展卻不是這麼簡單的，我只是不想太多回憶其中的細節罷了。總之我大概堅持了十餘天，每天坐在小房間裡超級壓抑，晚上還經常加班，落實各種細節。當我最終將製作完成的精美策劃方案交到老總手裡的時候，我也交出了我的辭呈。理由很簡單，我本來就是抱著玩的心態來看看，經歷了這一單就夠了，我不能繼續「不務正業」漸行漸遠，必須迴歸「正道」。最後即使我免費打工沒拿一分錢就走了，我也沒有任何怨言和遺憾。雖然這次「誤入歧途」短暫，但我是從頭到尾做完了一件事，也是對自己別樣才能的檢驗和見證。

# 19　偶遇「海歸」

再次回到狹小的出租屋內躲避酷暑驕陽，心裡已經沒那麼多失落了，父母也見怪不怪了。於是我每天的日子就是守在電腦前瀏覽各大招聘網站，搜索各類職位投遞簡歷，然後就是焦慮地等待和期待，絕大多數時候是打發時間。日子就這樣一天天過去，空虛煩躁的同時我又漸漸喜歡上這種自由輕鬆的日子，但我不能這樣墮落下去變成真的「啃老族」。

我的絕大多數簡歷石沉大海，偶爾會接到一些面試電話，但是一個個、一輪輪地折騰，最終都無果而終，日子一晃就從盛夏到了初秋。

一天下午，我又接到一個電話，叫我第二天去面試。

我丈二和尚摸不著頭腦，因為我壓根就沒投過簡歷給這家公司，有了之前的一些面試經驗，我並未盲目答應，而是待她說完之後多問了幾個問題。

「請問，你們是什麼公司？」我欲言又止。

對方估計是很受打擊，她一開始就報了公司名字而我卻沒有記住，這要遇到強勢的單位，肯定對我印象大打折扣，說不定還會取消面試。

但對方沒有考慮那麼多，很爽快地又說了一遍公司的名稱。

聽對方並無煩意，我又繼續追問到：「我面試的是什麼崗位呢？」

對方怯生生地答道：「營銷總監！」

這個回答著實把我雷了一下，放下電話我又開始推測。我並未給他們投遞過簡歷，再說營銷總監是一個很高的職位，我一沒什麼營銷經驗的書呆子怎麼可能勝任營銷總監呢？反過來也可以推測出這家公司規模不大，或許管理還不是很規範。於是我開始糾結到底要不要去，免得既費力氣又鬧心。

第二天，我還是去了，原因很簡單，就是閒著也是閒著，還不如去看看熱鬧。

辦公室的風格還是和前面一家很像，公寓式的辦

公場所，好在地方要大氣一點，至少有幾個房間，分別設了總經理辦公室、財務部、營銷部，客廳設了前臺和接待室，麻雀雖小五臟俱全，還像那麼回事。

因為公司小，也省了那些繁雜的面試流程，直接是總經理面試，用他的話說只是交流而不是面試，足見他相當謙遜，這和他的年齡與氣質非常吻合。他是一位從俄羅斯留學歸來的「海歸」，在國外學的是化工，找到了一個製作真空手套箱的項目回國創業，在父親幫助下收購了一家國有小廠，目前事業處於起步階段，當然這都是後來和前臺小妹廝混熟了她告訴我的。

總經理首先說了下認識我的經過，是從就業網站上搜索到我的，覺得我的專業和性格應該比較符合他的要求。他沒有像其他老總那樣居高臨下地盤問我，還開誠布公地談了對我的好感，我的心裡小小地滿足了一下。不過他這樣隨和，倒讓這場面試沒了什麼懸念，我也是簡單問了些問題就告辭了。

回去之後我還是猶豫要不要去上班。一方面，公司攤子這麼小，完全不是我想去的環境，再加上有了上一次類似經歷，所以想回絕；另一方面，總經理的文雅和尊重又讓我留戀，而且這次也名正言順給了我

职位和不菲的待遇，和前面一次不同，至少人家很有诚意，也在努力做事业，所以我最终还是再次抱著看一看热闹的心态赴会。

时至今日，每每我要整理每段经历中最实质的内容时，还是心乱如麻，我都很难想像随后那浑浑噩噩的几天是怎么过来的。

由于公司比较小，入职程序相当简单。总经理安排前台的秘书负责协调我入职，她就成了我在公司打发无聊和快速切入公司和工作的救命稻草，关于公司的很多情况都是从她嘴里得知的。

她带我简单熟悉了一下公司，介绍大家认识。其实很简单，除了总经理和她之外，还有就是财务部两个女同事以及营销部和设计部四个男同事。

我被安排在营销部和设计部共用的一个办公室暂坐，总经理说有空给我腾一间独立的办公室出来。后来我才知道那一间所谓的独立办公室就是厕所旁边的机房，而且是完全不採光的黑屋子，不过最后我赶在他将我「关」进黑屋子之前离开了这里。

总经理再次简单和我交流了一下情况，主要介绍了他的创业初衷、目前国内国际市场概况以及公司的现状，也给我描绘了未来的「宏伟蓝图」，于是我这

個營銷總監就這樣上崗了。之後我再沒和他碰過頭，他也沒找過我，第二次碰面就是我離開公司的時候了。

當我回到自己的位置時，我的頭還是暈乎乎的，其實自己心裡完全沒底，也不知道自己怎麼鬼使神差地又來湊熱鬧了，最終是熱鬧沒看成，反而惹來一身臊，自己鬧心了好幾天。

公司沒有太多的資料可以供我熟悉參考，總經理只是說秘書很熟悉公司情況，凡事可以問她，但礙於面子和架子，我這個營銷總監也不可能成天圍著個小秘書轉，於是首當其衝就是要來她的 QQ 號，一方面瞭解公司情況，另一方面也可以打發無聊，這是現代辦公室同事之間交往的重要方式之一了。

還好小秘書看起來很憨厚、踏實，不像有些公司前臺秘書只會塗脂抹粉、迎進奉出。她只是一個中專生，但做事認真刻苦，公司成立之初就被總經理招了進來，伴隨公司成長，也算公司「元老」。從她口中我瞭解到前面提到過的總經理的留學背景和創業經歷，還有公司目前發展的現狀是：生產技術基本成熟穩定，市場拓展任重道遠，而這也是招我來的目的。

我對這個行業完全不瞭解，對這個職位也完全沒

信心，內心很清楚自己倉促前來的目的和動機，真的上位謀職才清醒了過來，真的很討厭這種對自己和他人都極不負責的態度和方式，但事已至此，只能硬著頭皮上了。

公司情況我已經簡單地從秘書那裡瞭解了，而要熟悉產品其實不難，看看宣傳畫冊，在網上可以毫不費力地搜索到具體的產品知識以及市場概況。公司生產的是用於真空加工產品的手套箱，算不上十分尖端的技術產品，但比較冷門，目前國內生產廠家寥寥無幾，國際上也主要被歐美兩三家企業壟斷，市場潛力和空間較大。但是這種技術產品由於具有一定專業性而且冷門，不太好使用一些大宗產品的營銷宣傳方式，目前使用的就是在上海、深圳、北京等地設立辦事處對點營銷和網絡營銷的方式，這讓抱著一大本《營銷戰略》書的我反而有點無計可施。

每天面對幾個搞技術和營銷的人進進出出，我只是總經理心裡的營銷總監，他們則完全沒看上我這個毛頭小子，經常對我視而不見。而我呢，確實不懂這個行業，也沒具體的經驗，為人處事更不老練，於是既不可能像其他新官上任那樣點火，也不會主動搞好關係，每天就一個人面對那臺破電腦，除了瀏覽相關

信息就是 QQ 聊天，日子過得既苦悶憋屈又無聊乏味，那種無聲的煎熬不亞於關禁閉。

我整日不見總經理的影子，他要麼出去辦事，要麼回來就待在自己的辦公室，沒有推動我盡快融入公司。我沒主動向他傾訴過我的苦悶和需求，每天就是在幻想他到底想要我怎麼樣或者期待他能交代些具體的事情讓我切入。而他呢，或許也在幻想我以我較高的學歷和超強的能力在為他謀劃事業。

## 20　閃別「海歸」

好不容易從週一熬到週五，我必須盡快結束自己這損人不利己，關鍵是自欺欺人的愚蠢行動，於是到了週五下午，我決定要做個了斷。

我知道自己最大的缺點就是不善於和不熟悉的人暢所欲言，即使自己再有思想、再有千言萬語要表達，只要一見面，羞澀和矜持總是將思想和言語無奈地埋在心中。我事先修文一篇，談談自己這幾天的想法和建議，至少要證明自己不是徹底無能和無意識，至少要表明自己的彷徨和思考。於是一封帶有批判主義，空洞又宏觀的書信在我告訴總經理我要離開的時候到了他手裡。

辭職的經歷和前一次完全雷同。我敲開總經理辦

公室的門，他很驚訝也很興奮我主動找他，但正當他期待我會因為工作的事情要和他交流的時候，我嘴裡說出的是對不起，然後簡單概述了自己離開的前因後果，主要是我的倉促和徘徊不安，並未過多地表示對他及公司的不滿意。我沒給他太多說話的機會，而且語氣很堅定，沒有回旋的餘地，他最後無奈地一笑了之。出門時我還表達了自己的愧疚和對他的讚揚，留給他一個單薄稚嫩的背影，還有那封充滿豪言壯語的書信，有時候我還會好奇，他有沒有看那封信，內容對他是否有一點點幫助。

我和「海歸」的短暫約會就這樣閃電般地結束了，雖然是求職，但很像時下頻現的「閃戀」「閃婚」「閃離」，閃電般的求職和婚姻折射的是我也是這個時代一部分人的功利、浮躁、衝動和草率。

現在回想起來真的還是怪自己太傻了，簡單圍觀幾下，看看熱鬧就走，是看不到精彩的。後來我和小秘書經常聯繫，得知該企業發展得還不錯。下面以現在的經歷簡單總結了下為什麼當初沒能和這個有志向的「海歸」志同道合地干點實事呢？

首先，我當時的狀態很糊涂，心態也沒完全擺正。一方面，內向的我到了一個新環境，並沒有積極

融入環境，沒能與領導和同事積極主動地交流，所以僅僅一個禮拜的時間就將自己壓抑到了絕境；另一方面，我稀裡糊涂地被人從網絡中揪到現實中，然後自己莫名其妙地就去了，從頭至尾都是一場糊涂戲，結局稀裡糊涂也是自然而然的事了。

其次，我雖然有一定的營銷知識基礎，而且被冠以「營銷總監」的頭銜，我卻始終沒有要求和被要求去車間瞭解產品及生產工藝，這犯了營銷人員的大忌。都說「王婆賣瓜自賣自誇」，如果銷售人員不瞭解自己的產品，那就找不到「誇」的基礎更別談「如何誇」，自然也就很難說服客戶購買，從而無法提高業績。我當時錯過找到突破點的機會還是有點遺憾，即使只是為了打發無聊找點信心也應該多去實地觀察瞭解。

最後，我當時之所以急著離開，是對企業和總經理的真實實力完全無瞭解、沒把握，而又找不到在很短的時間瞭解這些重要信息的途徑。後來我做了融資工作經常快速調查企業才發現，自己當時遺忘了學習過的財務手段，通過一份簡單真實的財務報表就可以快速瞭解一個企業的全盤實力。

當然，這些都是後話。

## 21　自欺欺人過年關與破罐子破摔

掐指一算，這已經是我短短大半年時間裡第四次自願失業回家了。時間一晃已經來到十一月底，這一年眼看就快過完了，雖然我投了很多簡歷，但基本不抱希望在年底前再找份工作。於是我以準備公務員考試為幌子自欺欺人找點心理安慰。

說到考公務員，真的只是我的一個幌子。在中國這個官本位思想嚴重的國家，謀個公職，從而當官是很多人的夢想，對於我這個來自農村的孩子來說曾經也一直這樣幻想過。但當我真的面臨進入社會的選擇時，卻完全將考公務員走仕途排除在選擇之外了。

之所以如此，首先是性格使然。一方面，我的性格完全屬於不會來事兒的那種，這在做人比做事更重

要的環境中絕對是劣勢；另一方面，我的性格也受不了按部就班、爬梯晉級的枯燥和寂寞。其次，如今每年畢業那麼多大學生，就業形勢嚴峻，公務員又成了千軍萬馬過獨木橋的「香餑餑」，每年公務員招考吸引了無數人前往一較高下，以我的水平即使能僥幸挺進面試，在隨後的一系列博弈中可能也很難勝出。因此，我還不如趁早識趣地退出，免得浪費精力和時間。

這樣一來，我也可以在形式上找點正經事情做，即使勝算不大也可以打發無聊，更重要的是給父母和周圍人一個交代，給自己爭取更多的空間和時間，至少熬過年關再說。

我就這樣「心安理得」地混到了年關，至於那個所謂的公務員考試，雖然我成績還不錯，但在5,000多人競爭一個崗位的洪流中我也遠遠進不了前三，於是在得知成績時很坦然地在心裡將此事畫上了句號。

這個年關有多難過，相信不用我贅述大家都能想像得到。相比去年回家心裡淺淺的失落，今年完全空著兩手回家，心裡是徹徹底底的悲凉。在老家過春節的幾天都不知是怎麼熬過來的，每每有鄉親問到我的

職業和收入情況，我都敷衍塞責蒙混過關。現在回想起來簡直就是一場噩夢，在開春離開家鄉的時候，我就在心裡暗自狠下心來，明年回來過年絕不能再這樣一事無成讓自己如此失落傷心。

又是一年春節就這樣失落地過去了，對於下一個春節好像也沒什麼期待了。反倒是每長一歲，就更多一份擔當，添幾分滄桑，增幾絲憂愁，生活總是在輪迴中等待，在等待中平淡！

我急匆匆地從老家「逃」回成都，只為躲避壓力，也抱著一絲憧憬去開創美好的未來。

大年未過完，這個悠閒的成都依然沒有恢復常態，大街小巷依然人蔌稀少，各色小店也關門閉戶，很多人都回老家過年了，外來人口充斥的大城市得到難得的清靜，卻也顯得格外空虛冷清。遠處整晚的鞭炮聲，讓人總是聯想起新聞和電影裡常看到的戰爭中槍炮轟鳴的場景，但實際上是很多人在慶賀往年的收穫和祈禱來年的吉利。我一個人窩在租住的鴿籠般的小屋裡，看著千家萬戶燈火通明，瞧瞧夜空焰火閃爍，想想自己身在異鄉前途渺茫，內心無限的惆悵，那種感覺或許只有經歷過的人才能體會。

我從來沒有那樣期待過這個城市盡快恢復往日的

喧囂，大街小巷商店開張、公交擁擠、道路堵塞，那樣「生機勃勃」的場面至少不會讓我內心平添淒涼。而且只要城市恢復喧囂，所有公司也就上班了，招聘才能提上議事日程，我也才能在不斷面試中贏得工作機會。

我就這樣無所事事地又過了一個禮拜，終於過完大年，就業網站陸陸續續更新了招聘信息，我似乎又看到了希望，於是開始重整旗鼓大量投遞簡歷。

招聘信息雖然多，但我看得上的並不多，當然要求太高的我也識趣地不去期待。大約又過了一個禮拜，不知道在投了多少簡歷後，我終於接到了面試電話。幾番來回之後，我才知道對方是自己在無聊中亂投遞的一份簡歷的單位，真的是造化弄人，想要的不來，不想要的偏偏找上門來。

兩間辦公室，五六個人，這是在一個政府部門掛靠的單位，很尷尬的性質，既不屬於政府部門，又不是事業單位，還不是公司，掛著某某協會的名義做點小營生。

面試我的是一個文弱的書生，看起來比我還小，但行事比我成熟干練，看來深得領導青睞。不過看這種局面，也可以推斷出面試不難，三下五除二我就搞

定了。雖然上班地點在某某局氣派的辦公樓裡，但聽他對單位的簡介我就更加心灰意冷了。好在這也不是我第一次遇到這種狀況了，也還不至於很反感，很自然就繼續了，畢竟開年之初的空擋中，我比什麼時候都更需要找份小工作來打發時間和重塑信心。

這時候的生活就像釣魚，不去河邊釣魚難受，在河邊釣不到魚也難受，慾望總是讓浮躁的人容易陷入兩難的尷尬境地。人生似乎處處都有圍城和彎路，渴望解脫卻又有回到原點的幡然悔悟和無奈。我一直告訴自己：永遠都要做自己的歌迷，風雨中要堅持唱歌給自己聽！

就這樣，我所謂的「優秀」和「自投羅網」，加上對方的「饑渴」，很快就促成了這場新的交易，我又開始每天早起騎著自行車穿梭在城市的大街小巷，追逐我所謂的夢想，實則漫無目的、麻木不仁地奔波，打發蝸居的窘迫與無聊。

這個單位主要就是承接掛靠部門交辦的活動，以及對外接洽一些商業活動，我去的時候這個單位剛剛成立，因此當務之急就是忙著準備成立儀式。

在任何地方，成立儀式都是最累心的。辦公室一共只有 8 個人，除去 3 位主要領導，剩下辦事的人就

只有5個了。需要處理的事情一大堆，比如聯繫各地專家和嘉賓、拉贊助、設計會場等，每項工作都可以衍生出許多細節，而這些基本上都被分到了一個人身上。特別是那些做美工設計的，沒日沒夜地加班。我還好，在這裡沒有很特別的專長，被分派寫點東西，聯繫專家和廣告商，晚上還可以堂而皇之不加班。

接下來幾天我所做的工作就是不斷低聲下氣地打電話求別人，一方面諮詢嘉賓的行程發邀請函，另一方面打著各種旗號向客戶拉贊助。工作不難，但要賠著小心，自己則是鬧心和累心。

現在回想起來，我當時確實是頹廢的、黑暗的，不然我何至於把自己逼到這步田地：不知不覺地投簡歷；不明不白地被無名無分的單位隨隨便便地招進去，在即使只有8個人的地方，卻得到領導不冷不熱的待遇（所謂的「一號領導」招聘時都沒面試過我，進去後也沒和我說過幾句話，更不會安排我什麼工作）；做些不慍不火的工作。

常常不明白為什麼每天要這樣生活著，似乎是因為大家都這樣，因此也就這樣了，連拒絕和反抗都沒有就順理成章地接受了。每天回到家裡，躺在床上，莫名的空虛蔓延開來。內心有一個聲音在嘶吼著：

「我不快樂，我不喜歡現在的生活！」帶著疲憊入睡，第二天起來生活還是如此循環往復著。

仔細想想，一路走來，雖然也經歷了好些曲折，但我天不怕地不怕的「李跳跳」再不濟也沒遭遇過這種「待遇」，我當時差點就破罐子破摔下去了。

現實是殘酷的、麻木的，但我的內心最終是堅強的、清醒的，就像壓在石頭下的小草，即使見不到光明和溫暖，但心中堅持夢想有一天能努力生長，迎接陽光。

這種完全不對口也算不上多有技術含量的工作，還有不冷不熱的待遇，基本上看不到希望，於是我堅持了一周，就快刀斬亂麻結束了這對我來說有些荒唐離譜的工作。

這一次我完全沒有失落，因為才剛剛開春，就當這是一碗苦澀的開胃湯，後面還有無限春光和美味在等待我。我只是沒擺上架子的新罐子，還不是真的破了的罐子，豈能就這樣把罐子摔破呢？

## 22　腳踩兩只船，手牽一根繩

一甩二月冬日的陰冷和灰暗，陽春三月春光無限好，大地孕育勃勃生機，我年輕的身體裡也湧動著無數青春的音符期待精彩。

隨著開春以來大規模的招聘，我如同漁季撒網，收穫連連，信心倍增。

每天打開招聘網站，更新的招聘信息紅標閃動，仿佛一面面鮮豔的紅旗在勝利的陣地上迎風招展，雖然不一定個個都屬於我，但我至少可以努力從中分得一杯羹。

這時候完全可以不用饑不擇食地亂投簡歷，在招聘盛宴中「揀著好的吃」也足以將我喂飽。久旱逢甘霖的我還是貪婪地投遞了十餘份簡歷，一部分石沉

大海，也有不少迅速得到回應，權衡之後，最終留下三個不錯的意向備選，在隨後的半個月中，我就在三家單位之間周璇。

第一個是成都本土鼎鼎有名的房地產公司，在成都處處可見其開發的樓盤，近年來把握住了房地產市場的大好發展機遇，發展勢頭迅猛，完全不亞於外來的全國知名的地產商。

在投遞簡歷時，我就一廂情願地想像過如果能有幸進入這家公司的場景。如果能進入如此強大的房地產公司，高工資自然不在話下，而且說不定還能利用工作優勢給自己淘套房，當然這只可能是白日夢。直到現在，我依然樂此不疲地自我妄想和陶醉，每次買2元彩票的時候都會無恥地幻想中了500萬元大獎後怎麼安排獎金。

不過我還是能很快就把自己拉回現實，在投遞簡歷時我還是很心虛，因為我始終找不到特別對口和合適的崗位，最後不自量力還選了一個很有挑戰性的職位。隨後我居然收到了通知，筆試過後是一面和二面，我一步步朝夢想靠近。當我第三次前去面試，看到豪華的辦公樓以及規範嚴謹的管理體系，我就已經暗生愛慕，心向往之了。

在這期間，我在招聘會現場又碰到畢業前有過接觸的一家企業。當然這家企業並不是我之前吃過回頭草的那家，而是一家國企，為成都本地壟斷行業提供配套產品，單位發展潛力較強，但管理體制比較僵化。第一次去該企業面試時，我就留下了這樣的印象。但是他們對我的想法卻令我大跌眼鏡，我當時應聘的是企業管理人員，他們的領導們非常迅速地捕捉並且認可我的優點，非要我去做他們的財務管理人員，即使在我告知他們我不是學財務的而且對財務不感興趣之後，他們依然說相信我的潛質並可以給我緩衝時間，最終結果當然是我沒答應。再次在招聘會上遇到他們的招聘人員時，依然是曾經的人事主管。雖然我是此一時彼一時，我不再像曾經那麼激情飛揚，但還是厚著臉皮前去搭訕。剛開始她不記得曾經接觸過我，但在我幾個關鍵詞的提醒下，她迅速想起，臉上的表情變化非常微妙。我估計她當時心裡想的是：當時硬讓你來你不來，這次卻又主動「投懷送抱」，過去一年多時間了難道還沒找到工作嗎？總之她當時的表情是陌生、驚訝、不屑、竊喜。

這個時候我當然要維護我的自尊心並且要挫挫她的銳氣，否則我就白來了。我簡單地談了談我這一年

多的經歷，當然我省略了期間一些短暫又不堪的經歷，最後還強調是我自己要另謀發展，好歹讓我有個臺階下。最後，我淡淡地丟下一句：「如果你們還有意向合作的話，可以聯繫我！」留下簡歷就離開了。

我像打了勝仗一樣中氣十足地走了，因為從她當時的眼光中我就知道我贏了。時隔一年多她也沒招聘到合適的人的這個弱點被我抓住，而且我還給予了她有力的回擊，我料定她還會再和我聯繫。

果然，第二天她就來電話邀請我再去面試。

這次這家企業已經搬到了郊縣的工業區，我顛簸好半天才找到那裡，心裡已經有點動搖，心想要是在這裡上班，即使有公司班車也要在路上浪費很長時間，於是就不再那麼向往了。環境較之前的倒要整齊乾淨不少，但是辦公樓一如既往是「清湯寡水」，完全是事業單位的裝修和配置風格，冷冷清清。

對於從人事主管到總經理再到董事長的一條龍式的所謂的面試，我都能輕鬆應付，不知道是國企管理人員習慣了唯命是從，還是我當時異常膨脹表現超常。隔了幾天，人事主管打來電話，通知我面試過關，可以慎重考慮一下是否前往。

我心中一陣竊喜地應付著，不是因為我得到了一

次工作機會，而是我完成了一次完美的逆襲。但放下電話，我心中便充滿了猶豫，因為我還在等之前那家各方面條件更優越的房地產公司的最後面試機會，與此同時我還有居所附近的一家集團公司可選，自然不會輕易就答應了他們的邀請。

　　此時的我，腳踏兩只船還手牽一根繩，魚與熊掌皆在手，卻還在這山望著那山高，如同一個瘋狂徵戰的將軍，享受的是勝利過程的滿足，卻沒想過勝利之後能得到的東西。

## 23　邂逅「阿杜」

　　正當我「抱桃想李」的時候，地產公司通知我他們公司常務副總要親自面試我，也就是最後一次面試，成敗在此一舉。

　　由於長期的在校學習，我也算久經沙場，所以並不懼怕什麼考試和面試，但往往高端的終極面試，並不是真正的考試，或者說形式上不是那樣，他們不會按章出牌，或者擺出咄咄逼人的氣勢甩出真刀明槍。但他們看似無形的交流中，卻往往處處暗藏殺機，細微的交流中可以透過應聘者的言行舉止捕捉他們看重的細節，這就是傳說中高手們的「手上無劍，劍在心中」的策略和氣質。雖然我已經擅長應付各類「筆伐」，不懼怕各種形式的「口誅」，但對於這種真

正的高手較量的分寸我往往無法拿捏。

果然如此聲名赫赫的本土地產商的常務副總絕不是沽名釣譽之輩，氣質和談吐都十分文雅。他既沒有咄咄逼人的氣勢，也沒有設圈置套的盤問，只是平和淺顯的交流，完全沒有套路可循。我平時的經驗都派不上用場，這樣更讓我不知所措難以應對，只能謹小慎微，這樣反而束縛了手腳很難表現真實的自己。

這樣的面試感覺很不爽，表面依然衣冠楚楚，內心卻被人掏空了，結果自然可想而知。我的稚嫩和單薄被其拆穿，我未能如願以償進入這家向往已久的公司。當然，以我後來的種種經歷來看，這不失為一件好事，讓我迷途知返，少走彎路、少浪費彼此的時間，比如接下來邂逅「阿杜」就是這個道理。

此「阿杜」並非彼「阿杜」，我這裡所說的阿杜可不是曾經紅極一時的聲帶沙啞的歌手，而是之前提到的居所附近的一家集團公司的老總。他姓杜，頗具文藝氣質，自稱也被戲稱阿杜。他是一個影響我生命軌跡某一段曲線的人。因為邂逅阿杜，我很快收拾了與知名地產公司失之交臂的失落心情，也再次依然回絕了我折騰到手的那家國企的工作，開始又一段不尋常的職場旅程。

邂逅阿杜的公司也是一個很偶然的機會。

網上密密麻麻地擺滿了各類招聘信息，可以通過公司名稱粗選，可以通過職位搜索精選，阿杜的公司就是我通過職位搜索發現的，否則壓根不可能瀏覽到他們的招聘信息。

我經常在面試時被人問到我的職業規劃，我都是含糊其辭，其實我自己都沒什麼規劃，什麼理想、愛好，在這個計劃不如變化快的年代裡都成了「浮雲」，雖然不至於消極到得過且過，但內心確實是無奈地走一步算一步。

我沒有職業規劃，但偏好還是有的。我性格和能力的優點是敏感、細膩、務實，擅長輔佐、協助，當然我也絕對不是甘於平庸之人。我性格裡面有平和的一面，就是不喜歡出風頭，不願意爭、不願意搶，承受壓力的能力有限，膽識和決斷能力一般，再加上閱歷尚淺，一時很難獨當一面。綜合這兩方面的情況，我的喜好就定位在總經理助理、董事長助理之類的綜合性助理類崗位。「一人之下萬人之上」的感覺確實不錯，既有人遮風擋雨又可以有所發揮，也不用看太多人的臉色。

我經常用「總經理助理」這個關鍵詞搜索招聘

信息，×××投資公司的信息一映入我眼簾我就很感興趣，因為這個名字正好和我住的附近的一條街名稱一致。點進去一看，果然在那條街上，親近之感油然而生。再仔細審視公司的簡介，涉及文化旅遊、房地產銷售和諮詢等，感覺不是特別好，因為見多了那種徒具虛名的「投資」「實業」之類的公司，看到這些字眼就心虛。

　　正巧就在家附近，職位和待遇還不錯，鼠標一點簡歷就輕松投遞了，我也沒抱什麼希望。

## 24 「小妖精」再上「神壇」

也不知道過了幾天，突然接到這個公司的面試通知，還是抱著輕松的心態應允前往。公司離家很近，走路只要十幾分鐘，前往公司的路上心情很是愜意，甚至都開始幻想以後在這麼近的地方上下班的情景了，那種感覺相當輕松愜意。

雖然只是在附近，我卻在那條街上左右徘徊許久都沒看見有公司辦公大樓的影子，耐著性子打電話問了幾遍才根據門牌號找到這家公司。

雖然坐落在鬧市區密密麻麻的居民區中，但這家公司建在偌大的一塊綠地上，沒有大片的建築和高樓，只在最中心的區域有小一片湖，湖中一棟二層框架式小洋樓，完全沒有公司的辦公氣息，儼然是郊外

富商的別墅花園，很難想像現在還有公司會用這麼大塊寸土寸金的土地來享受這樣的閒情雅致。

在沒有進入辦公室之前，就憑著鬧市中別具一格的建築設計風格和闊綽的氣場，多少就能猜出這個公司管理團隊不食人間菸火又略帶文藝氣質的風格。

本來就夠小的辦公樓裡還冷冷清清，一樓左邊空著，右邊偌大的開放式辦公室裡錯落有致地擺了幾張辦公桌，人員則寥寥無幾，順著鏤空的樓梯上到二樓，左邊是同樣偌大一個辦公室，只坐了3個人，後來才知道右邊是董事長的別墅辦公室，面積同樣寬敞，短短幾分鐘的掃描結果，讓我心裡五味雜陳，冷清、高雅、期待、疑慮，什麼都有。

人力資源部經理接待了我，還有同來應聘的另外一位小伙子。人力資源部經理先簡單介紹了一下公司的基本情況，該公司是成都較早從事房地產開發起家，卻在房地產市場迅速飛黃騰達的浪潮中急流勇退，如今主要有文化旅遊、管理諮詢和房產銷售服務三大板塊。人力資源部經理還特別聲明此次招聘的董事長秘書並非一般性的文秘工作，本質上是董事長助理，要更多地協助董事長做好經營管理工作，崗位具有較強的技術含量和挑戰，因此從眾多的求職者中精

選了我們兩位進入面試流程，讓我們覺得受寵若驚又倍感壓力。

簡單地交流之後，人力資源部經理告訴我們第一次面試比較簡單，除了讓我們來公司碰面彼此有個直觀感受，即我們對公司的感覺，還有他對我們儀容儀表、言談舉止等方面的初步瞭解，接下來讓我們做一份專業招聘測試後就可以離開，他們將根據筆試結果再行通知。

據人力資源部經理介紹，我們做的測試題是他們下屬的諮詢公司從美國引進的最先進的招聘測試題，目前很多大型公司都在採用。確實，筆試試題和以往參加的筆試試題大不相同，不是單純考核那些教條式的理論或專業知識，也不是東施效顰隨便搞點心理測試。該套試卷雖有很專業的理論考核，但更多是測試管理潛質和能力傾向。一直以來，我都在職場上跌跌撞撞，並沒有一個清晰的職業規劃。更確切地說，我自己都無法瞭解和駕馭自己，如果這次能通過這種專業測試開啓自己的職業生涯規劃，以後就不用稀裡糊塗地在彎路上「裸奔」了，也算是一舉兩得。

交卷之後我們倆就離開了，在出門的時候我主動簡單瞭解了一下對方的情況。他看起來更高大英俊，

而且擅長喝酒，我稍微算是優勢的就是學歷高點，更加細膩敏感。但光從這幾點來看，他似乎更適合這個董事長秘書的崗位，這樣一想我心裡難免失落，雖然是第一次見面，但我已經以「貌」取「人」，淡淡地愛上這裡了。

又過了幾天，我也沒把這事放在心上了，繼續物色著其他工作。反正我已經找工作找到麻木了，如同談戀愛一樣，愛我的人，我不愛；我愛的人，不愛我。這種情況是常態，一見鐘情、兩情相悅本就不容易。

正如當時人力資源部經理所說，他們這次招的不是一般的秘書和助理，是選拔高級管理人才。在這種情況下，我的學歷和潛質還是占了上風，我成功淘汰掉那個外形和公關能力比我強的競爭者，幾天之後我接到二次面試的通知。

第二次面試很簡單，只是見見我將來的直接領導，也就是後來的董事長阿杜——這個企業的創建者和靈魂人物。我相信之前他們已經對我的資料做了的充分研究分析和討論，再加上他們自己那套國外引進的先進科學的招聘考核體系對我的考核結果，因此已經基本上接受我了，見面也只是最後看看感覺，認識

熟悉一下。

自然最終的面試基本上不算是測試了，就是簡單交流一些情況。第一次簡單瞭解阿杜，黑黑的、壯壯的、挺威嚴的，完全難以想像他後來給人強烈的藝術氣質。當時他給我的感覺很壓抑，我無法像在其他面試官面前誇誇其談盡情施展，這種壓抑的感覺很不好，這也為我們之後的合作障礙埋下了伏筆，當然這些都是後話。總之，當時我們的交流很簡短，而且基本上是單向的，稀裡糊塗就結束了第一次見面。隨後，人力資源部經理告訴我下週一報到上面，我就興高採烈地回家了，開始憧憬新的職場旅程。

我內心還是隱隱擔憂這看似愜意美好的別墅庭院裡的日子不會好過，我對自己要融入的新環境和合作的陌生人以及要做的陌生事依然一無所知，高興中帶著空虛。陰霾了好久的心裡終於迎來一絲來之不易的陽光和希望，暫且開心幾天吧。我折騰了這麼久，總算能暫時安頓一下了，這時候得過且過的停留也是多麼幸福的一種狀態，就像一條長途行駛、能源耗盡、船員疲憊的船急需停靠港灣休整。不管怎樣，我這「小妖精」總算又一次稀裡糊塗地登上了夢想已久的「神壇」。

## 25　相見時難別亦難

　　就這樣，經過看似複雜困難但自我感覺還算輕鬆的層層面試，我如願獲得了這個看似位高權重的職位。真的要開始上班了，我心裡反倒沒有一點底氣和開心，有的依然是對未知的擔憂和恐懼。

　　我知道職位是董事長秘書，但對這個職位的職責並沒有清晰的認識，或者說他們也只給出了一個抽象模糊的定位，這對於涉世未深的我來說確實是一個大挑戰。我對公司所從事的行業基本上一無所知，更沒什麼經驗累積，除了所謂的基礎和潛質，基本上等於是一張白紙。雖然他們用很科學嚴密的招聘體系篩選出了我，但我一開始就感覺到了間隙，這也為後來的合作失敗埋下了伏筆。

先說說阿杜。阿杜是我給老總的簡稱，因為他姓杜，而且當時歌手阿杜很火，他們兩人形象和氣質還有幾分神似。其實他喜歡用「大度」這個藝名，一個四十多歲的中年領導，還喜歡用藝名，這也可以推測出他的幾分文藝氣質，在隨後短暫的時間內，我通過一些官方和非官方的渠道瞭解的信息也印證了這一點。

阿杜領導的企業是本土較早從事房地產開發的企業，應該是伴隨著經濟體制改革，由集體所有制企業改制過來的民營企業，在機制和行業機遇下掘得了第一桶金，而且這桶金應該很多。現在回想起來我很傻，其實我連企業的財務報表都沒看到過，資金多不多、實力強不強都是自己通過一些表象來推斷的。比如開發了那麼大一片小區，雖說當時房價不高，但作為首批商品房應該也收益頗豐；還有那座奢侈的辦公樓下面那片地也很值錢；除此之外還能砸錢辦雜誌、搞旅遊、玩文藝，綜合實力應該不錯。

當然這桶金應該是來得不容易的，雖然我沒有經歷過那個過程，但從領導班子對那段歷程的刻骨銘心可以推斷出來。因此，後來幾年雖然房地產市場一片繁榮，阿杜卻沒有選擇再接再厲，而是急流勇退轉戰

他行。除了保留一點房地產銷售諮詢服務，更多是嘗試立足於文化行業。比如從國外引進先進的理論開辦諮詢公司，去辦時尚雜誌，未成功之後又做文化旅遊等休閒產業，後來在我離開很久之後還聽說阿杜把「黃金寶地」拿來開發藝術品產業園。總之，阿杜更像是追求精神享受的藝術家，而不是一個純粹趨利的商人，當然這些都不能簡單地以好壞是非來評判。

簡單介紹阿杜的氣質和管理風格，只為支持我的一個結論，即阿杜作為文化商人的內斂、含蓄、抽象和我這個書呆子的細膩、矜持很難融合，更難溝通。

正式報到上班的第一天，我到阿杜辦公室進行了簡短的溝通，大意是雖然我是董事長秘書，但要有個瞭解情況的過程，於是3個月的時間分別到下面3個分公司以總經理助理身分瞭解情況，為以後的工作做準備。我也覺得這樣安排很科學、很有必要，於是欣然接受，但我們交流互動太少，以後的接觸交流更少，因此我的職位雖然離他很近，但我們的心卻從未交匯，這種貌合神離的感覺太折磨人了。

首先要去的就是在阿杜辦公室樓下的文化公司，在這裡我開始了第一個月既開心又糾心的試用。

文化公司是典型的麻雀雖小五臟俱全，雖然僅有

10 個人，但從行政、設計、銷售、編輯等崗位一應俱全還有部門領導。後來我知道文化公司老總是阿杜栽培的親信，早年合作後阿杜還送其去國外留學，待其留學回來繼續合作。至於文化公司老總學什麼、擅長什麼我則不清楚。文化公司老總有點不洋不土的管理者風範，加上一幫不算傳媒科班的人把一本小眾的高端 DM 雜誌（直投雜誌）經營得不痛不癢。我雖然是總經理助理，但對文化旅遊與雜誌傳媒也不甚瞭解，和文化公司老總的溝通也不是很默契，成天跟幾個很有文藝青年範兒的編輯打得火熱，什麼事都參與一點，可最多是蜻蜓點水地瞭解，並沒有深入涉足，也沒有很具體的工作，讓我這個空降的總經理助理很是尷尬。這一個月的實習，我只能算相對開心地廝混，始終沒有融入和上手。

  一個月後，我又心生動念，日子好像惡性循環一樣又回到從前那種煎熬和尷尬的狀態，讓我很想立刻逃離。想想回去又干能什麼呢？無休止地蝸居、尋覓、折騰，能找到更好的嗎？畢竟才開始一個月，何不靜觀其變再忍耐一個月看看情況再說，於是我只得硬著頭皮繼續。

## 26 才出「冷宮」又進「冰窖」

第一個月的實習結束，我心裡依然是空蕩蕩的，沒找到任何感覺，估計分公司領導對我的表現也不甚滿意，好在這只是試用期安排中的第一個環節，彼此都還有機會去爭取。

根據之前的安排，勞動節過後，我就該到第二個分公司實習了。時間已經過去一個月了，我在這家公司沒找到一點歸屬感和融入感，我又有一種不祥的預感，如果說前一個月待的是「冷宮」，下一個月我要進的將是「冰窖」。

第一家分公司就在總部樓下，而且有一群比較活躍的年輕人，相對容易相處和溝通，這次去的地方離總部很遠，我每天要趕一個小時的公交車前往。那裡

人很少，一共4個中年人，給人感覺酷酷的、冷冷的。後來我才知道，他們都和我一樣住在總公司附近，個個都開車，卻從沒人邀請過我搭他們的順風車，任我每天把大把時間浪費在路途上。不過以我的性格來說，我也不會去主動討好拉攏誰而蹭人家車坐。從我一開始來就不受歡迎的態勢看，坐一個月的冷板凳是自然而然的事情了。

現在回想起這段經歷，我還是會氣得牙癢癢，這也折射了這個公司形散且神散的內部管理。既然是安排我下去實習，就應該盡量營造環境或者給我條件讓我主動融入，而不是任我自生自滅。既然是集團公司領導安排下來的，好歹分公司的人要給個面子、給點笑臉、賞點打雜跑腿的事情也好。那是我迄今為止都沒見過的豢養著一批自認為有著貴族氣息、優越感十足的中層領導的公司。

這個分公司是一家諮詢公司，主要經營一項從美國引進的先進招聘體系為各大企業提供諮詢服務，我當時能有幸進入這座「冷宮」也是拜這套考評機制所賜。但我此行的失敗，也充分證明了一個普遍的現象：洋理論不見得都能在中國放之四海而皆準，當然這是後話。

當時該公司正在給本土兩家大型國有企業提供諮詢服務，從我在那裡一個月的情況來看，幾個人成天按時上下班坐在一間古色古香的大辦公室裡，每個人都在電腦前沉默，沒什麼交流，也沒什麼業務往來，就這樣大家整天默默坐著，靜得我心慌，完全沒什麼事情可做。

對於這一個月的經歷，我挖空心思也找不出一點細節來讓我填充記憶，我堂堂一個碩士，過關斬將進來，還有總經理助理的身分，卻天天坐著冷板凳無所事事，想找點打掃衛生、端茶遞水的事情來打發無聊都難，何談有點技術含量的工作呢。剛開始我還十分忐忑不安，後來我也漸漸習慣了，一來他們也確實沒什麼事情可以攤派，更沒什麼話和我說；二來這「冷宮」和「冰窖」的生活也將我之前一廂情願編織的美好幻想和期待凍得僵硬，又擊得粉碎，我在這裡的融入感和認同感全無。我心中也暗暗自有打算，他們肯定是看不上我了，我自然也不願意苟且混日子，分手是到時候的必然選擇。

我還是堅持坐滿了一個月，在我結束第二個月實習回到總部的時候，人力資源部經理主動找我談話，我心中早已揣測到他們的意思，於是早早修書一封，

概括我兩個月的見聞和所思所想，雖然沒有太多交流、互動和共鳴，但也要證明我不是吃素的，不僅提到了我的弱點，也將自己看到企業存在的管理缺陷表露無遺。在對方未開口之前，我就先提出我的辭職申請，殺了對方個措手不及，還請他將書信轉達阿杜。雖然這又是為了挽回自己可憐的一點自尊，現在看來確實蒼白無力。

當我最後一次走出這家公司大門時，不禁回頭凝望片刻，這兩個月又是一場虛幻的夢，雖然未來一片渺茫，但我離開這裡的信念很堅定，這裡不需要我，我也不屬於這裡。

## 27　千回百轉進央企

從上一家看似上了「神壇」其實是進了「冷宮」和「冰窖」的企業出來之後，時間已經到了 2007 年的 6 月了，距離 2005 年 6 月畢業季已經整整兩年了。這是非常關鍵的兩年。一方面，我多讀了 3 年研究生，比起其他大學本科的同學出發得遲，而到現在起點卻也沒比他們高；另一方面，研究生同學憑藉較高的起點，在兩年內完成了前期的鋪墊和磨合，逐漸開始騰達了。

當然，正所謂「人比人氣死人」，或許這樣比較太過功利，可是既然做了就該承擔，或許這也是我們成長必須經歷的，這是之前單純的個性和過於鋒利的棱角與複雜的社會現實極度不相融的正常反應。倒是

我一向孤傲冷清，和同齡的同學接觸不多也不愛攀比，受的刺激反而也相對較小。

生活很現實，吃、穿、住、用、行方方面面都需要花錢，如果不是我一向節儉，這兩年斷斷續續的零碎收入早就讓我入不敷出了。兩年下來，連可憐的千餘元存款都沒，確實很打擊人。我近二十載寒窗苦讀，品學兼優而混成這樣也忒窩囊了，這絕不是我好強的個性所能忍受得了的。我的自尊心和實際環境也絕不可能允許我再去壓榨含辛茹苦養育我二十餘年的農民父母。一句話，我必須破繭重生，越挫越勇。

找工作的方式還是那些，大量瀏覽各大招聘網站，稍微有點意向的就投簡歷，廣撒網、多面試，這樣才能提高命中率。

我也不知道投了多少簡歷，好像過了一周，接到一個電話，通知我參加筆試，而這家企業是「中」字開頭的央企。更巧的是，我在一年前應該參加過這家企業的筆試和面試，最終未能如願被錄取。再次收到邀約，心裡很是激動，越是誘人越是困難，但也越能激發我的鬥志，於是我欣然前往。

這種企業自己組織的筆試不難，我也沒怎麼準備，久經考場的我完全不擔心這種筆試，但答題之後

自我感覺卻不怎麼樣，發揮不了我的優勢，心裡也比較煩躁，胡亂作答後就離開了。

雖然沒抱希望，我卻也偶爾惦記著這家企業，大概又過了幾天，我又收到了面試通知。其實雖然這家企業的來頭大，但招聘的崗位很普通，我心裡有些期待卻也沒那麼迫切。

面試的流程和一年前差不多，只不過頗具戲劇性的是去年面試官是一位更嚴厲、更年輕的領導，據說是公司副總，當時面試的氣氛就讓我感覺希望不大。這次換了位更沉穩、沒那麼犀利的領導面試，據說是公司「一號人物」，從他漫不經心有一句沒一句的提問時眼神裡流露出來的慈祥，我預測結果可能會有戲。

果然沒過幾天，我收到了正式的錄取通知。非常有戲劇性的經歷，一年時間，我並沒變得優秀，也沒準備更多，卻被一副一正兩位領導一否定一肯定。無論如何，雖然不是十分滿意，但好歹也是央企，況且我目前又是備受煎熬的空窗期，急需事做，於是我欣然答應，而心裡很是忐忑不安，不知道這份新工作又會給我什麼感受，又會有多長的歷程。

## 28　鬼使神差是圍城

這家央企地處市中心繁華地段，寫字樓裝修十分豪華高檔，給剛上班的新人以極強的心理攻擊，讓人內心的排斥感和陌生感加強。在豪華裝修的背後則是辦公區域的擁擠和隔膜，每個人的辦公桌都以隔板隔開，看似大家都有相對獨立和私密的辦公環境，但個人感覺很冷漠和壓抑，這就是我對這個環境最初也是最深刻的感覺。

正如我之前對環境的判斷一樣，央企的辦公氛圍也是如此。國有企業都有很強的等級制度和較為規範全面的管理制度，這一點就讓工作氣氛比較凝重，大家上班就老老實實地在各自的格子間裡做事，彼此間交流很少，即使偶有溝通，說話也是竊竊私語，這讓

剛入職本來就很被動陌生的人更難以適應。

由於這家企業屬於央企在四川地區的分支機構，主要是從事貿易管理，所以組織機構很簡單，除了行政和財務部，剩下的人員主要都在業務部。業務部又分不同的小組，我被分到一個女領導帶領的小組。

這位女領導長得不算很漂亮，但很有氣質，說話中帶著一股子硬朗和干練，而戴著眼鏡又讓她顯得比較斯文和優雅。我一向不善於和女性領導特別是那種要麼長得嫵媚、要麼咄咄逼人的女領導合作，但她給我的感覺還好，沒讓我覺得強勢和排斥。

或許由於是女領導帶領的小組，抑或是分工的原因，我所在的小組人員比較少，外加有個同事休假，所以就剩我和另外一個男生了。女領導和我溝通的時候，點破了我之所以能最終有機會入圍的原因，是因為領導看中了我的寫作能力，有意讓我承擔一些行業信息收集和公司寫作方面的事宜，我也明白了為什麼我並未全力以赴，跌跌撞撞還能被錄用的原因。

試用期每天的工作很簡單，就是處理一些簡單的資料，閱讀公司的管理制度和文件，有時候在旁邊同事的指導下學會做些簡單的貿易跟單工作，再加上遲遲沒給我配電腦以及那樣沉重的辦公室氛圍，我又有

種度日如年的感覺。

在這種情況下，我的老毛病又犯了，天天如坐針氈，全然沒有之前想像中的那種興奮和滿足。正如上面所說，工作內容簡單並無太大挑戰，而且工作氛圍讓我渾身不自在。最重要的是2,200元的工資和最初級的業務員職位也確實讓我比較受打擊。綜合下來，我又覺得在這裡我也不會有太多發展的慾望和前景，於是心裡就又算計著繼續「逃跑」。

就這樣，我勉強堅持完了5天，到週五下班之前，我又鼓足勇氣向領導提出辭職，任憑她再三勸我，當時已經習慣性辭職的我，最想做的就是即使一無所有、一絲不掛，也要爭取自由呼吸的空氣。那時候的我，或許是磨煉和挫折還不夠，還沒有學會向生活的現實妥協，全然不會委曲求全。

當我告別性地離開公司，離開那座富麗堂皇的辦公樓的時候，我沒有半點不捨和失落，因為我認定自己不屬於這裡，所以覺得很釋然和輕鬆。在回家的路上，夏日的少有涼風吹得在府南河邊遊蕩的我特別愜意，路邊很多盲人算命師，我隨便選擇了一個算算命。當時的算命師說了什麼我已然不記得，他的話有多少可信度我也從來沒奢望過，因為當時的我確實是

迷茫、無奈、無助，甚至想借算命師尋找點信心和方向。

　　我努力想要進入的公司，對我來說也只是「浮雲」，外觀很美，但身在其中卻並不是想像中的那樣。沒進想進，進了卻想出。我這次看似果斷的決定，在後來一系列的挫折之後才發現，丟掉的確實是不錯的肥肉。或許這就是宿命，是自己的就是自己的，該來的一定要等時機到了才會來。

## 29　稀裡糊塗進高校

　　我已經不記得從央企出來之後具體是什麼時間了，只模糊地記得是 2007 年的夏天了。

　　進入暑假時分，離走出校門整整兩個年頭了，別人都在利用這寶貴的兩年站穩腳跟籌謀發展，而我卻像幽靈一樣遊走在這個城市無處生根，滿腹的失落、辛酸、惆悵難以言表。但事已至此，能做的就是麻痹憂傷，無視世俗的壓力，還要堅強樂觀地去面對和爭取，給心靈一點空間，給未來一絲曙光和希望。

　　此時的我，面對網上形形色色的招聘信息都已經麻木、迷茫了，好像很多工作都可以去嘗試，又好像很多工作都不怎麼如意，反正稀裡糊塗一通亂投簡歷，廣撒網，勤面試，才能多選擇。

依稀記得在網站上看到過一則高校的招聘消息，怦然心動，但點進去仔細一看也不過如此，只是一所從中專升上來的大專學校，位置也比較偏遠。更何況好的高校招聘信息往往在高校自己的網站就可以發布信息了，不用花錢去外面的網站發布信息就能輕松地招攬大批人才。但是我對於高校一直都有一種情結，之前那次淺嘗當老師的感覺並沒讓我死心，我依然喜歡那種相對單純的氛圍，能使我最大程度上學以致用，而且還比較自由和靈活。總之好處不少，加之開學季將到，我心中的校園情結作祟，因此即使高校很一般，我還是嘗試投遞了簡歷。

隨後我壓根兒沒有太多期待，差不多都忘了這回事。過了好些天我接到通知讓我帶好相關證件和發表的文章前去筆試和試講。

掙扎了幾天，我最後還是如約前往，我要去試試，過過當老師的癮。對於未來的職業規劃，我早已是一盤散沙亂了局，事到如今，只能邊走邊看了。

趕了很遠的車，來到郊區的學校，由於是一所中專升級的大專院校，所以學校有點歷史，校區卻也顯得有些破舊和小氣。前來應聘的人還是很多，學歷和畢業院校都不錯，可見如今的就業形勢確實嚴峻，即

使是這種不是很有技術含量的崗位都有大批碩士甚至是博士來競爭。好在我完全不怕這種競爭。

筆試題不難，我第一個完成了試卷，倒不是我真的有多聰明，可能更多是因為我心不在焉，就想草草了事。接下來是試講，我也並沒有做很充分的準備。關於講課，雖然上學時曾在外面代過課，但那已是兩年前的事了，因此還是會很緊張，而且我並沒有按要求認真準備試講，只是草草梳理了下提綱便準備臨場發揮，反正我不想照本宣科，那樣既不易制勝也沒創意。

輪到我試講的時候，差不多中午12點了，幾位評委老師都餓了，要求下午再繼續。而我不想再苦等兩個小時，心裡早就想逃之夭夭了，但既然來了還是要善始善終，因此我爭取本來10分鐘的試講5分鐘結束，好說歹說評委們也同意了。接下來的5分鐘，我也不知道自己講了些什麼，完全沒按照提綱進行，也沒講出水平和新意，反正5分鐘一會兒就結束了，然後我也很輕鬆地回家了。

對於這次面試，一開始我就抱著一種「吃雞肋」的心態，筆試和面試也都是這樣敷衍著，因此我並沒有抱多少希望。但是過了幾天，我居然收到了錄用通

知，我從眾多競爭者中脫穎而出，特別是在我只是輕鬆應付的情況下，更讓我覺得有點意外。就像我這段模糊雜亂的描述一樣，我就是這樣稀裡糊涂地進了這所謂的高校，開始了人生中的一段短暫的正式教師之旅。

## 30　慌慌張張上講臺

　　春夏秋冬四季各有千秋，但我獨愛秋季，特別是9月，總是給人一種很特別的感覺，秋高氣爽，時而驕陽似火，明媚卻不悶熱，時而斜風細雨，清涼卻不寒冷，還有些許唯美。更重要的是，這是一個豐收的季節，空氣中彌漫中瓜果菜蔬成熟的清香。同時，這也是一個播種希望的季節，各種學校開學，大家穿著新衣，在經過炎夏的錘煉後逐漸成熟，嗅著新書的味道，遨遊知識的海洋。因此，我一直對開學季有種別樣的情愫，即使大學畢業步入社會後，每到9月，還是會去回味那種美好的記憶，緬懷逝去的青春年華。

　　而如今的9月，我轉身變為教師，在開學迎接學生的時候，還是那麼興奮激動，卻又更添幾分責任

感。從課桌到講臺僅僅幾米的距離，我卻花了將近二十年時間，還走了那麼多「彎路」。

由於錄用確定下來的時候已經是 8 月下旬，離開學也沒幾天了，我最後幾天才拿到教材。我不是師範畢業生，之前也沒有參加上崗前的教師職業資格培訓和考試，而且所承接的學科雖然自己能自學懂，畢竟不是我的擅長的專業課，況且我已經離校兩年，書本知識也有些生疏了。總之，種種狀況讓做事前必須要有準備和底氣的我很是忐忑不安，甚至又開始憂慮。

事到如今，只能先把前兩週的課程提綱提煉出來，準備好講課內容，後面的內容再慢慢跟上。我備課絕沒有像之前上學時老師那樣有耐心，也沒認真寫教案，只不過粗略瀏覽一下兩節課需要講的內容，稍作批註，在適當的時候加些詮釋和案例，總之以課本為線索，這樣既適合學生的接受能力，我也落得輕鬆，重要的是還能自由發揮。

時隔多年之後，我依然記得我第一天登上講臺講第一節課的狼狽情形。那天我刻意精選了一套衣服，處心積慮為謀求好的印象，因為我個子不高，長相還略顯稚嫩，雖說已是 28 歲的人了，但甚至比有些剛入校的男生還顯年輕。雖然我穿得略顯正式，但我骨

子裡喜歡輕鬆休閒的風格也不允許我西裝革履或者穿更老氣的裝束。現在的學生審美能力都很強，給學生視覺享受也是讓他們上課稍微認真點的重要秘訣。

　　這次不是代課，而是作為自己的正式工作，正式登上講臺，因此我的心態必須擺正。結果站在講臺上的那一剎那，我壓力還是很大。橫掃教室，黑壓壓50多人，各種裝束打扮，很多人打扮得比我成熟，眼裡有期待也有不屑，我頓時有點慌了。結果這一慌，之前準備的很多話臨時忘了，或者長話短說了，再加上我語速較快，好幾次遇到神經短路差點找不到話說。就這樣，第一節課少了很多溝通寒暄的廢話，把兩節課的內容一口氣講完了。

　　我也沒太多在意學生的反應，或許是新面孔老師，加上精氣神和樣子不賴，還能保持一點新鮮感；抑或是我寒窗苦讀近二十年的功力深厚、出口成章，他們的思維還沒跟上我的進度所以沒反應過來。總之，相安無事、反應還好。我著實是一身冷汗又一身熱汗，衣服早已濕透。幾個月過後大家熟悉了，一位女生還開玩笑提起我講第一堂課時緊張到汗流浹背，可見我那一關過得確實不容易。也正是有了這些關口，我後來的臨場發揮、調整心態的能力才逐漸被鍛

煉出來。

　　第一學期雖然只有一門課，但一個班每週有兩次課共計4節，上了3個班的課，一共是12節課。由於學校在郊區，上下班路程遠，學校就把我的課集中安排在兩天。因此，我每次去學校就要把同樣的內容在3個班重複3遍，第一遍還好，第二遍也還行，第三遍我確實是心力交瘁自己都快講不下去了。再加上我發音方式不對，講完一節課就早已口舌冒菸，後來基本上還是靠每節課含一顆潤喉糖勉強堅持，當上完6節課坐上回城的校車時，我早已氣若遊絲，走路說話的力氣都沒有了。

　　當然還有很多老師的課比我的課還多，甚至還沒我那麼「取巧輕鬆」，他們已經鍛煉成了「鐵人」，在下班路上還能嘰嘰喳喳閒話家常。我確實反應太大了，上一堂課課時費16元，光是站45分鐘就不是件輕鬆的事，而且還得一直講45分鐘，這本身就是件不輕鬆的體力活，我還得出售豐富的知識和靈活的思維，真是極其廉價。當然，這還不包括上課時忍受學生千姿百態的狀況，上廁所、睡覺這是很不錯的表現了，竊竊私語三五拉家常我也還算能忍受，吃零食、繡花和打撲克牌確實有點考驗人的忍耐力。我像表演

一樣在講臺上賣力，卻對著一些看似年輕聰明卻無心無腦的人，那種感覺確實讓我很是傷心，又有些寒心。雖然我一直尊師重教，即使不好聽的課我也盡量全神貫註，至少不開小差、不聊天吵鬧，有過這次經歷我對老師更多了幾分崇敬。

雖然只是一般的大專學生，但也不是個個都那麼差勁，大部分學生的學習能力或者學習態度還是比較正常的，這讓我心中聊以自慰。我後來慢慢習慣了教師生活，也就逐漸麻木了，不像以前的工作那樣隨時撒腿就走。比起無聊沉悶待在家裡，教師生活倒也勉強可以接受。第一學期4個多月一晃就過去了，轉眼就又到了過年。

這一年的春節回家，我可以不用一無所有、一事無成地面對江東父老了，至少有「大學教師」這個職業身分可以護身，但個中艱辛只有我自己才知。每個月基本工資1,000元，加上辛辛苦苦講課的不到500元的課時費，1,500元幾乎是所有收入。這個收入水平頗為寒酸，又叫我怎麼不寒心呢。雖然我一直還算不為名利心動，但我也是凡人，也要穿衣吃飯，這樣的日子並沒有比之前賦閒在家改善多少，只是眼下能先自欺欺人地過了這個年關，再從長計議。

## 31 柳暗花明又一村

沒想到第二學期開學不久，學校領導就找到我，說主管部門省政府某廳要在學校借調一名優秀教師去幫忙，於是推薦了我。我並沒有覺得多麼受寵若驚，因為還是拿學校那點可憐的工資，卻要做更多的事，而且還不是自己的事業，還得看領導們的臉色。不過我還是答應了，不是期望通過借調最終能通過考試進入公務員系統，而是覺得既然我在學校的工作並不如意，還不去出去走走看看，見機行事，同時不斷在網上物色新的工作。我同意學校的安排，每週四回學校上一天課，其餘幾天去政府部門幫忙。

我也不記得閒暇時在網上天花亂墜地投遞了多少簡歷，絕大多數石沉大海杳無音信，但某天突然接到

一個面試通知，自己依然不知道是什麼時候投遞的簡歷，於是還是反問了一下對方是什麼單位，雖然顯得很失禮，但也不能稀裡糊塗地前往，放下電話趕快到網上查詢。

招聘網上給出的該公司簡介很簡單，僅僅一小段文字，一看就不是那種實力強大的大公司。這是一個處於我之前未接觸過的很陌生的準金融行業，屬於省級政府機構下面的事業單位卻是實行市場化營運機制的公司。該公司規模不大，職位待遇也不誘人，我也不知道自己當時為什麼會投遞，或許更多的是急著擺脫現狀的心態在作祟，什麼都想去嘗試。

儘管只是從學校借調到省政府某廳幫忙，但我還是盡量表現好一些，不隨便請假出去辦事。由於幫忙的地方下午是兩點上班，而面試單位是中午一點上班，於是我跟對方約好利用中午休息時間前去面試。

這家新成立的單位規模不大，也就沒有像其他地方搞那麼冗長複雜的面試流程，直接就是3位領導面試。幾位領導年齡都比較大，態度很友善，沒有咄咄逼人的氣勢，問題也很實在，並不刁鑽，整個面試基本上是以交談的方式進行的。我也很流暢地將自己的特點和優勢展現得淋漓盡致，從幾位領導的眼神中我

已經讀到了滿意，隨後讓我迴避，他們需要商量一下就給我答復。

我在隔壁辦公室待了不到 10 分鐘，正如前面所說，面試流程簡單，幾位領導整體比較滿意，由於招聘的只是高級文秘崗位，對口才與寫作綜合能力有些要求，其他技術要求並不高，我勝任這個崗位應該是綽綽有餘，所以答案很明顯，他們很快就拍板定下錄用我了，這一下反而將難題拋給我了。

一方面，我對這個行業和這個單位並不熟悉，從目前簡單瞭解的情況來看，這裡也並不是我向往的那種大公司和期待的管理崗位，所以我心裡還是很猶豫。另一方面，我又迫切想要改變當時的那種借調的不安穩、無歸屬的狀態，但借調的地方可以不去，而學校的課卻沒辦法立即停止，畢竟還有那麼多學生，不可能隨便就把課終止了，這樣一來就我又左右為難了。

當新單位的領導現場告訴我可以很快進入試用期的時候，我很大膽地提出了一個請求，就是鑒於目前我有課在身不能馬上辦理離職，所以懇求在 3 個月的試用期內，每週只上 4 天班，一天回學校上課。還好當時的辦公室主任也就是我以後的直接領導很是善解

人意，答應了我的請求，這下就剩下我如何搞定學校的領導了。

由於新單位還有 3 個月的試用期，還有很多不確定的因素，如果 3 個月後沒能如願轉正，而現在就直接和學校領導攤牌我要離開，到時豈不是會兩邊都失手，落得一無所有，這對於已經經歷了太多曲折和斷檔的我來說，是必須要避免的。

我那左右為難做選擇的幾天真的是非常煎熬，腳踏兩只船確實不是一件容易的事，要想獲得更多必然要承受更多。無奈之下，只得和學校領導暗示，這學期上完課以後我可能有工作變動，但也沒把話說得太絕，我願意繼續將這門課剩下的半學期課程上完，但不再繼續去主管部門幫忙，收入可以降下來。無奈之下，學校也勉強同意了我的請求，這樣一來事情便正在朝著我心想事成的方向進展。我暫時腳踏兩只船，同時也沒把話說得太死，3 個月後我還有回旋的餘地，不至於落得一無所有。同時，我也隱隱感覺到經歷了 3 年的人生低谷，我的人生將逐漸有所起色。

## 32　跌跌撞撞上高樓

接下來的一個多月，我過了畢業3年以來第一段比較安穩和充實的日子。除了周四，其餘4個工作日就坐在寫字樓辦公室裡，雖然每天面對一臺電腦、一面白牆以及辦公室裡3位女同事，也沒做多少精彩或高難度的工作，但畢竟第一次像個白領一樣安穩著，內心也格外平靜，還不覺得枯燥乏味。

一周還有一天可以回到課堂任教，算是很好的調劑。這時候我又把講臺當舞臺了，因為可以不再用講臺來丈量和規劃自己的職業和人生，不再靠教師的可憐收入來維持生計，因此心裡無比輕鬆甚至是愉悅。我已經開始幻想這3年的各種波折之後我的人生將登上新臺階。

## 32　跌跌撞撞上高樓

好像我畢業後跌跌撞撞的時期並未完全度過，都說成事要天時地利人和，以前的挫折坎坷更多是我與人違和，但這次卻又遇到天時地利不和——震驚全球，令世人永生難忘的汶川大地震發生了。

2008年5月12日，星期一，我總覺得頭昏腦脹，由於是週一本來人就容易犯困，再加上是夏日中午，即使午休了也總覺得沒睡醒，又關在白晃晃的辦公室大半天，所以也沒太在意。14點28分，突然地動樓搖，大家都以為又是附近哪裡工地上打樁機作業的動靜過大，習慣性地抱怨幾句，但地動樓搖根本沒停下來的跡象，牆壁開裂、辦公桌移動、電腦下滑，大家才瞬間反應過來是地震。驚恐之下大家六神無主，有的人躲到桌子底下，有的人瞬間什麼都沒拿就往外跑。

樓道裡已經擠滿了人，大家不敢也沒時間等電梯就迅速衝向樓梯間，開始旋轉式奔跑。由於我的辦公室在21樓，一路下來，樓梯間匯聚的人越來越多，越來越擁堵，痛哭的、尖叫的、披頭散髮的、摔跤的，總之昏暗擁堵的樓道裡「眾相環生」。高度緊張的身體狀態下，思緒卻沒停止：地震也只在電視和電影裡看到過，印象中地震只屬於日本，在衣食無憂的

天府之國的成都人做夢也沒想到自己會經歷地震這樣的大災難。本來就狹窄昏暗的樓梯間，此時擁堵不堪，地震好像還在繼續，大家惶恐得站不穩，更恐懼會不會真的就命喪於此。總之那幾分鐘時間太漫長、太黑暗了，當人們衝到街上之後還久久不能平靜。此時我身上手機、錢包什麼都沒拿，和同事早已跑散了。街上人潮湧動，更是狀況百出，披頭散髮的，穿睡衣、內衣的比比皆是，還有一絲不掛拿點東西遮羞的……總之是各種驚恐和尷尬。

隨後餘震不斷，大家手機幾乎都打不通，基本上失聯了，我也不知道我怎麼走回家的。之後的幾天依然餘震不斷，大家開始了長達半個月的夜不歸宿露營廣場的惶恐生活。現在想到那些生活場面，或者在電視中看到當時的慘烈畫面，依然那麼催人淚下。

由於大多數人都沒遇到過地震，特別是如此之大的地震，生活也因此被擾亂，加上公司在21樓，餘震不斷大家都無心上班做事，公司也半推半就放假一周。

與此同時，由於學校要管理大量不能上課的學生，我也被召回學校進行應急管理，晚上值夜班蹲守在宿舍周圍，累了就躺在椅子上或者地上休息，我也

不知道那段時間是怎麼熬過來的。

由於校舍破壞嚴重加之人心惶惶，學校提前放暑假讓學生回家，剩餘課程下學期再補，我的辭職離職手續也被迫推延了兩個月，直到 8 月份開學後兩個月，我才真正從學校離職，然後在公司正式轉正。

為了進這座鬧市的高樓當白領，本來就夠坎坷的入職經歷，再加上這麼驚心的插曲，真正變成跌跌撞撞了。

## 33　風平浪靜終無景

當我徹底從學校辭職專心到新單位上班，已經是9月了，這是我畢業後最悠閒安穩的一個秋天。

新單位不是想像中那麼「高大上」，我也才剛剛上崗，並未做出什麼成績，內心無法和碩果累累的金秋交相輝映。這幾年在職場的坎坷經歷，已經將我的期望降到了最低，能每天朝九晚五準時上下班、按時吃飯、輕鬆工作，已經是前所未有的待遇了，至於其他福利待遇、未來發展等問題，也只能是穩定之後才能去考慮。

本來財經院校畢業的很多人都去了銀行等金融機構，而我畢業時卻迴避了這條多金的陽光大道，因為我不想被銀行嚴格的管理制度約束，也不想被巨額的

存貸款壓力束縛，更不想被高風險行業屬性壓抑，就是這一點定位導向，導致了畢業3年凌亂的職場經歷，如今千回百轉依然沒繞開這個高風險的金融行業。

之前對於擔保這種金融衍生服務行業完全沒有瞭解，在課本上也基本沒見到，更沒想過居然還有這麼龐大的行業的存在。我沒有直接去從事業務和風險管理，而是從辦公室行政做起，一來這符合我的風險偏好，二來也可以給自己時間去緩衝和學習。

要是回到剛畢業的心態，我肯定不會放低自己的姿態去把辦公室行政文秘的工作認真做好。還好雖然我崗位是文秘，但也不做其他太多的接電話、端茶倒水之類的繁雜工作，主要是寫寫抄抄。

綜合行政辦公室加上我一共4個人，剩下3位全是女同事。

我的直屬領導是一位「媽媽級」的女性，看起來很樸實親和，經常關心我們的生活，但嚴肅起來即使不呵斥訓人也挺威嚴嚇人的，還好我比較識趣，盡量不因為工作讓她操心甚至動怒，大家相處整體上比較和諧愉快。本來工作量也不大，交集矛盾也不會很多，她也經常在她的小房間，我在外面寫作發呆。

還有一位是「大姐級」的女性，由於年齡經歷相差很大，工作也沒多少交集，所以平時除了禮節性招呼之外，我和她往來並不多，大家相安無事。

最後一位女性可是我在這裡工作一年的重要夥伴了。當初去面試時她過來給我倒水，我看她濃妝豔抹穿得花裡花哨，以為她是比我大不少的「大姐」，結果沒想到她比我還小兩歲，後面相處之後才暴露她內心掩藏的少女心。

號稱實行市場化營運機制，可終究是事業單位的管理體制，這兩者本身就有些掩耳盜鈴的矛盾，還有些一廂情願地自欺欺人。一方面，想用市場化營運機制搞活業務、提高收益。另一方面，無論是業務風險管理還是人員績效管理都是事業單位的古板機制，收入不能太高，不能超過主管部門人員的收入，因此工資福利待遇定得低、管得死，發一分錢都要有冠冕堂皇卻不切實際的理由，年終績效分配不多卻可以報批半年都批不下來。換句話說，不想多發錢卻又想刺激員工的積極性。

在這種畸形又沉悶死板的管理機制下，注定不可能工作氣氛很活躍業務開展很火熱，只能是勉強維持，大部分人是得過且過的心態，想努力做點事卻發

現做與不做一個樣甚至還徒增煩惱，因此大家的工作量都不飽和，都應付著工作。既然核心的業務部門都不是熱火朝天，那配套服務的綜合行政部門也不可能很忙。

我除了時不時寫各種報告文件，配合做些行政雜務，總體來說很輕鬆。每份報告會被三四個主任翻來覆去地改，但又必須經過這些流程，雖然中間很多流程中做的事都會在最高領導那裡推翻，但還是重複著這樣的程序。這些報告難度不大、專業性不強，還有很多是黨政方面的常規報告，只需要按照領導的口味寫得冠冕堂皇、得體大方就行，反正他們很喜歡改，我就來來回回跑腿修改便是，無須也不能自由發揮自己的寫作才能。

這樣偶爾圍著三四個主任跑和每天與 3 個女人比靜坐的日子，剛開始是輕鬆愜意的，後來是枯燥乏味的，再後來是沉悶壓抑的，最後是要在沉默中爆發的。

由於工作簡單輕鬆又枯燥乏味，績效管理死板，工作氣氛沉悶，並無多少激情和快樂可言，所有收入加起來過日子也是捉襟見肘，更談不上買房買車。因此，在這裡工作差不多一年的時候，我仿佛已經能看

透未來幾十年的光景，看似風平浪靜，卻也毫無風景和期待可言。

　　於是我又習慣性地想著要離開，反正已經不是第一次了，何況這次還堅持了一年，多少也算在進步，而且對於下一步，我走得比以前稍微穩當些了。

## 34　紅杏出牆未續春

　　其實早在待得百無聊賴心生去意的時候，我就又開始「騎驢找馬」在網上物色挑選新的工作，畢竟現在也不敢再像以前那樣直接「裸辭」了，而且這裡的環境也不像以前那樣忍無可忍，只是覺得沒有挑戰想尋求突破罷了。

　　這時候我投遞簡歷已經不再像以前那樣饑不擇食地亂撒網了，畢竟已經4年了，而且還在職，也沒以前那麼多時間自由面試。後來因為崗位搜索「總經理助理或秘書」類發現了成都本土一家大型國有傳媒集團有相關崗位，雖然專業跨度大且有較高的工作經驗要求，但我還是大著膽子在網上投遞了簡歷。

　　沒過幾天居然就接到了面試通知，雖然我也不知

道對方到底看重我什麼，我也不知道我有何底氣去勝任，但還是抽空去面試了。

雖然是大型傳媒集團，但我投遞簡歷的單位只是其旗下的一家分公司而已，所從事的業務也是集團的各種土地房產等資產管理以及房產開發投資，並不是我特別青睞的報紙、電視媒體板塊，不過整體實力比較強。面試流程居然相當簡單，人力資源專員接待我後做了簡單的詢問和資料填寫，直接就將我帶到總經理那裡去了。

由於是比較綜合的崗位和比較具有複合性的行業，總經理的面試更多是交流性地考量，並沒有問太多具體的問題，主要是看看形象、行為舉止、談吐氣質等，另外也隱晦地提了些作為助理應該注意的問題，總之大家沒有很多有強烈共鳴的交流，平平淡淡、不痛不癢。

幾天之後我收到了錄用消息，但當時我尚未和所在單位領導提及辭職的事，因此希望對方給我一個月時間辭職交接，勞動節之後再去新單位報到，對方也欣然同意了。

既然我已有離意，而且新單位各種情況都比現在要好，我只能堅決地向領導提出辭職請求。領導們很

是意外，覺得我在這裡幹得挺好，領導們都很看重我且有意栽培，並暗示不久我就可以提升為辦公室副主任，而辦公室主任即將退休，到時候辦公室主任的位置順理成章地就是我了。

聽起來確實也有些誘人，職位提升了待遇也會有所好轉，生活條件自然可以改善，但仔細瞭解了一下，變化也不會很大。最關鍵的是即使職位上升了，我做的工作幾乎沒太大變化，而我又不是很能派遣員工做事的人，如果固定在這裡，十幾年以後的職場光景現在就可以一覽無餘。因此，即使4位領導三番五次輪流做我的思想工作，我最終還是毅然決然地在沒拿到上一年年終獎的情況下堅持在4月底離職了。

勞動節休假的時候，我回老家參加了一次中學同學畢業10年聚會，都已參加工作的同學，見面自然必問工作情況，況且我又是當時農村中學中為數不多學歷比較高的同學，不管別人是否在乎，自己就已虛榮心加碼，還好找到了一家聽起來體面的單位，別人問起來的時候我還能借著單位的影響給自己臉上貼點金。這些年坎坷混亂幾乎一事無成，一無所有地度過了匆匆若干年，我以為我早就將我的虛榮心踐踏消滅了，誰知道不出門還好，一旦真的出了門見了熟人，

依然是虛榮心自動爆表。

　　過完勞動節我就開開心心充滿希望地來新單位報到了。其實每到一處剛開始的幾天都是既比較緊張又充滿新鮮感的，因此也無暇胡思亂想。我應聘的是總經理助理，但又遇到以前的尷尬狀況，老總認為我還不熟悉全盤情況，先去營運中心實習瞭解再回去協助他。對於這種安排理論上我也能接受，沒想太多就去營運中心實習了。

　　營運中心的負責人是一位女性，看起來年輕貌美，後來通過其他途徑瞭解到她之所以這麼快由原來分公司下面的子公司的一個員工上升到分公司高層管理人員，美貌加分不少，能力不弱也很關鍵。當然至於其他原因別人也沒說得太透，只讓我自己感覺，不過這些確實都多多少少被驗證了。

　　她身上有一種很獨特的氣質，雖然看起來不過30多歲，長得也算漂亮，打扮更是時尚得體，偶爾也笑笑，但骨子裡透著一股拒人千里之外的孤冷，而且安排溝通工作有種和她氣質不符的居高臨下、咄咄逼人的氣勢，總之這種外表冷豔、內心強勢的「白骨精」，無論作為同事還是領導，無論是男性還是女性，都有點不好把握和駕馭。

當時公司在成都郊縣一個人氣挺旺的古鎮附近開了一個別墅樓盤，由於是公司首次大手筆涉足地產實體投資，加之項目已經開始啟動，宣傳推廣即將開盤，因此領導們工作重心都在那邊，開始幾天我也跟著女領導早出晚歸去郊外。

因為我不會開車，所以第一天還得麻煩她順路來接送，兩個人在車上氣氛很沉悶和尷尬。我們差不多算同齡人，我經驗不如她豐富而學歷比她高很多，我們卻不能愉快地聊天，偶爾簡單問答式聊家常，依然是她有她的內斂，我有我的矜持。

到了項目銷售處我又孤獨了，領導們各自開會商議或者接待，一會就不見了人影，銷售人員忙著接待，我跟大家又不熟，我很快又落個孤家寡人無所適從的地步。

後面幾天我就和其他同事坐順風車上下班，遠離了領導，大家都是年輕人很快就熟絡起來，我就這樣來回奔波著卻並無實際工作可作，偶爾開開會讓我做做記錄，其他打雜的事做得也不深不淺，我再次像花瓶一樣被買回來放在那裡成了擺設。於是我又成了旁觀者，看他們忙碌，看他們爭論，還聽聽國企鈎心鬥角的劇情以及那些爭風吃醋的潛規則故事。老總遲遲

不叫我回到他身邊，彼此也無實質性交流，又聽說老總當初其實就是打著招總經理助理的幌子其實是給這位心腹美女下屬招助理。我和女領導的關係也貌合神離，她對我的能力不算認可，我對她的管理風格也不能完全接受。總之這看似這美女如雲、朝氣蓬勃的國企卻如故事中描繪的宮心計一樣深似海。

幾年以前那種上班如煉獄般的感覺重新回來了，我以為我已經擺脫了職場坎坷的魔咒，但好像還是時機未到，離開仿佛又是勢在必行。我又在心裡盤算著何去何從，我甚至想到過吃回頭草，懷念之前那個雖然收入不高卻安逸寬松的環境，但當初那麼堅決地拒絕，肯定是覆水難收。於是只能又在網上尋求轉機。還好之前涉足的擔保行業當時還算比較新興的行業，我有經濟學碩士的學歷，又有一點從業背景，很快就被一家民營公司相中。因此，在公司讓我辦理轉正手續的時候，我再一次快刀斬亂麻地和國企說再見了。

就這樣，我心馳神往地奔向新單位，如紅杏出牆一樣決絕向往著外面的春天，可是出來了之後，延續的不是可以讓我繼續燦爛的春天，而是孤獨凋零的寒冬。

## 35　清湯寡水過銀樓

　　說到接下來供職的這家民營公司的經歷，完全可以再著一本現代版的《紅樓夢》來回憶和記錄，因為這裡有太多的精彩、複雜、浮華、喧囂、糾結和頹敗。我在這裡糾結地度過了職場最持久的 5 年，見識了太多精彩、太多無奈，收穫了很多，也付出了很多。如果說之前零零碎碎的職場經歷只是我人生歷程的過眼菸雲，雖然無法抹去，但無關痛癢，那這 5 年真真切切地付出、煎熬和糾結就是我人生大戲不可或缺的重要篇章。

　　這又是在力求走出尷尬困境時網上物色的新工作，當時很想吃回頭草回到之前人家千辛萬苦挽留的單位，但人家不見得同意，而且自己又會糾結地

「啃雞肋」，因此只能在網上物色新的出路。

因為之前在擔保行業待過一年，我又多了些資歷和選擇，對這類企業有所瞭解，知道他們都很看重有點行業經驗的，所以在網上投遞的類似擔保公司很快就有了回應。

當時只是急於擺脫現狀，因此對方拋出橄欖枝我就欣然接受了，但事後回想還是很倉促急躁的。已經有了曲折的求職經歷，但還是沒學會去仔細瞭解企業的情況以及自己未來的職業發展路徑。很多事好像也由不得你精挑細選細細琢磨，冥冥之中仿佛注定要走這一段路程。

事後才知道這家民營擔保公司已經走過了4度春秋，度過了最艱難的創業期，正在朝繁榮興旺的方向發展，當時的行業形勢也向好，正是大力發展的用人之際。人力資源經理面試的時候問了很多冠冕堂皇的問題，我自然都能輕鬆應付，倒是用人的營銷部老總面試時，單刀直入就看到了我的亮點並迅速決定錄用。面試過程比較簡單，比我想像中的速度快很多，這與民營企業管理靈活又隨性有關，更是因為這位領導辦事風格利索。

就這樣，我週五辦完離職手續，過完週末就去新

單位報到了，都沒來得及給自己一個短暫的假期休整就投入到新工作中去了。沒想到一路跌跌撞撞的我，匆匆忙忙找的這份新工作，一路磕磕碰碰地干了5年，創造了自己的新紀錄，也完成了一次從谷底到波峰再到谷底完整的「A」字形彈跳。

此時的我已經迷亂了，早已不在乎自己條件如何，也沒了「高大上」的追求了，公司的底細也是邊干邊瞭解和適應。我的職位也是再回到本科畢業時代，從最底層做起，待遇自然也是「一夜回到解放前」，可能是累了倦了，我居然前所未有的平靜低調或者說在迷茫和麻木中得過且過。

雖然自己有財經專業背景，之前也接觸過擔保行業，但這次從業務做起，還是得從頭開始學習，好在自己的學習能力比較強，悟性也算不錯，加之領導也想方設法為我提供更好的機會和平臺，特別是當時行業發展前景良好，雖然也有諸多不如意的地方，但在低調謹慎、忙亂充實和自我告誡中，我不知不覺就融入了這個環境，度過了試用期，沒有出現之前頻頻遭遇的入職不適應性衝突。

隨後的兩三年，公司發展勢頭越來越好，不斷壯大和規範，當然我身在其中也經受著各種工作問題和

人事關係的煎熬。雖然我一直奉行高調做事、低調做人的原則，很多的人事爭鬥都盡量迴避或無視，但心裡依然經常處於各種困惑和糾結當中。在私底下，我其實也常常和當時認為可以交心的人秘密交流，一次次述說自己的苦悶和想離開的衝動，可是幾年下來，這些曾經聽我傾訴過的人都相繼離開了，我卻依然在那裡頑強生長。或許有人會覺得我是虛偽或工於心計，但是他們的離開和我毫無關係，也並無利益糾葛，而且我也一直是在困頓中舉步維艱。我都佩服自己前所未有的抗壓和耐磨，或許已經無意中接受現實的無奈，或許是看破紅塵無路可走的無能。

困惑迷茫一直如影隨形地糾纏著我，這些更多的只能怪我內心不夠強大。客觀地說，這幾年是我畢業以後最充實也最成功的時光。

由於擔保行業是服務中小企業的，當時業務發展很好，所以我們可以有機會接觸形形色色的企業、行業和人物，也可以在出差時順便見識各地的風土人情和美食，短短幾年時間豐富了閱歷，這是其他辦公室白領工作很難比擬的。

由於我工作還算認真負責而且悟性不錯，在領導們的指點培養和提攜之下，我成長較快。雖然我並沒

有貪心功利，但職位依然一再提升。加之我喜歡動腦和寫作，在公司內外以善寫文章而出名，這也為我增光添色，偶爾還能收穫點成就感，收入也在自己的努力中有所改觀。我向來謙恭親和，不問宮鬥，和同事相處總體也還算愉快。

我一直堅守著一個原則，不要沽名釣譽、急功近利，不要鉤心鬥角、攪局是非，這樣才能落得清靜，求得心輕鬆。當時是做「準金融」的大好機會和成立相關公司的大好機遇，我身邊很多同事都大富大貴了，而我卻依然相對保守，靠著自己的勞動賺錢，卻沒學會會用錢賺錢。即使是職位比我低、工資比我低的人都名衣、名包、名車、豪宅的時候，我依然素衣簡行，穿著廉價的衣服，每天乘坐公交或騎車上下班，與當時別人眼中意氣風發的我應有的氣場極不協調。仿佛身在各個腰纏萬貫的銀樓裡，我卻清湯寡水地過著，雖不能說眾人皆醉我獨醒，也不能叫出淤泥而不染，但確實有獨樹一幟的另類和不和諧！

## 36　南柯一夢終是空

在這家公司工作了 5 年，前 3 年是公司最風光的時期，但也是在公司最鼎盛的時候，我的退念越來越強烈。雖然職位依然在上升，勢頭良好，但我常有心有餘而力不足的無奈和無力感。可能當初選擇這份工作，並半推半就地干了 3 年，這 3 年也算有收穫，但終究還是有些背離自己的愛好和特長，因此煎熬、糾結、壓抑中，我迅速蒼老。剛進公司時其實我已經將近 30 歲，但幾乎所有人都不相信我的真實年齡，齊讚我是剛畢業的「小鮮肉」，但 3 年之後周圍人都覺得我已經是「大叔範兒」漸露，脫髮、白髮，人也發福了，可見每天在寫字樓不見天日的工作和內心的煎熬多嚴重。

或許之前我「跳」得太頻繁，內心確實已經疲倦了，無時無刻不想逃離，卻一直沒能成功離開。

到了第 4 年，我的離念還只是在公司同事中私下傳遞，可能當時我還是勇氣不夠不敢挑明離去，依然在半推半就做好分內事。但到了第 5 年，行業危機四伏，公司經營風險危機頻現，加之我早已心力交瘁心生離念，因此終於還是公開提出辭職申請，但這離職的道路卻比求職還要漫長和艱難。

首先，我在公司已經工作 4 年了，與周圍同事和領導相處得還算和睦，他們知道我要辭職，都是各種友情勸告，直接領導更是三番五次做思想工作，還驚動高層領導出面溝通，甚至不惜「屈尊降貴」。

我又是很面淺的人。一方面，很感激領導的賞識和栽培，對於自己的再三折騰還是心懷愧疚和歉意；另一方面，也因為自己在這裡耕耘拼搏了幾年，有感情了，對於我這樣多愁善感的人當然最傷離別。因此，辭職申請一次次被阻攔和迂迴，前前後後拖了一年直到最後筋疲力盡。

當然只要每天一面對工作，各種事務和人事的糾纏帶來的煩悶折磨，迅速壓制住我內心僅存的歉意和不捨。如此日復一日的煎熬，我便一次又一次地請願

訴說，依然始終不得解脫。

　　但是形勢越來越緊迫，行業風險頻發，公司經營狀況急遽惡化，各方恐慌情緒彌漫，我已經不能再優柔寡斷了。2015年春節過後開始，我每月一次申請辭職，之前各方的勸告對我來說已經變成阻攔，最後我不得不無情地亮出底牌，再不讓我辭職我就自動離職，最終領導們不得不同意，但好歹先讓我休年假之後在公司度過10週年慶難關之後離職，我也就單純地相信了，誰知道這場年假的迂迴背後，卻藏了一出驚心動魄的「跑得快」！

　　當時電視上正流行親子節目《爸爸去哪兒》，結果我在現實中卻看了一場真實精彩的「老板去哪了」，雖然當時流行老板「跑路潮」，但是因為發生在自己身邊，所以更加深刻驚悚。

　　當時我剛從麗江休完年假回來，由於飛機晚點凌晨4點才到家，所以一直昏睡到11點才醒。剛醒就接到同事的電話，說公司出事了，幾位高管失聯，場面失控，相當混亂。

　　我仿佛遭當頭一棒，我迅速趕往公司，那種忐忑驚慌如同當年地震一般讓人刻骨銘心。

　　回到公司的場面讓我震驚了，平時有條不紊的工

作場面亂成一團：很多同事六神無主，眼神充滿了無辜和無助，有些錢財受損的同事更是遭受重創如泄氣的皮球，還有很多局外關聯人大批湧入，有的謾罵，有的痛哭，有的嘲諷，有的痛楚。那種場面仿佛再現了《紅樓夢》中「抄家」的場景，比起電視劇更真實深刻。如果不是因為必須寫這一段，我永遠不想回憶那段不堪回首的驚心動魄的經歷。

接下來的情節，自然是樹倒猢猻散，曾經在一起共事的人都各自離去，留下那一個個無解的謎團，還有一群群被牽連的人。

沒想到以前我閃電般結束工作的那些單位，曾經覺得有各種問題，如今依然活得好好的，而這次伴隨著我離職的卻是我曾經見證過的輝煌卻瞬間菸消雲散。曾經那麼多人悉心營建的「金錢帝國」轟然倒塌，很多人因此頹廢後半生，也有人流離失所，曾經的榮華富貴轉眼已成過眼雲煙，南柯一夢終是空！

而我，步入職場 10 年之後，仿佛又回到了原點，雖然一直勇敢地逆風飛翔，不能說一無所獲，但在風雨的洗禮中身心俱疲。我需要休養，但休整之後，人生還需要繼續飛揚。

## 致謝：十年

光陰荏苒，歲月如梭，一晃就畢業十年了！十年，仿佛彈指一揮間，轉瞬即逝。再回首，回想那些熟悉又陌生、塵封了那麼久的面孔，我恍然有穿越的錯覺。十年那麼長，讓我們經歷了那麼多風雨，在內心和容顏上都留下了難以磨滅的痕跡；十年又那麼短，仿佛就在昨天，有些感情和感覺依然未變，一如既往的清純。

畢業十年，致謝同學。

大學是人生的重要轉折，雖然很多人不見得在四年大學生活中真的學到了多少關於做人做事的真諦和技巧，但確實通過這個平臺改變了人生軌跡。大學是在從小學、初中和高中的家庭和學校的禁錮式培養中解脫出來的松散式學習模式，因此大學生活中，大家

自由奔放、個性十足、我行我素、心無歸屬，甚至沒有信仰。

在畢業後的十年裡，大家各奔東西，各自為自己的事業和生活奔波，幾經輾轉和磨煉，終於讓自己的人生暫時有了相對穩定的坐標。在畢業後的十年裡，大部分同學之間並無交集，甚至幾乎沒有溝通與聯繫，或許是因為我們本來曾經就不熟悉，或許是生活和工作的忙碌讓我們無心去維繫這些友誼或感情，種種原因才讓很多人音信全無。

即使歲月的滄桑和生活的疲憊塵封了記憶，但記憶並未被磨滅，只要一被掀開，記憶之花依然能綻放如初。雖然大家容顏和閱歷有變，但相信如果相聚在一起，依然是上學時的感覺，並無勢利的工作、地位和金錢的攀比和炫耀，更多的是相互的交流和關心。確實，幸福更多的是每個人對生活的感受和領悟，無法量化，也無須庸俗的攀比，只要自己過得充實開心就好。

謝謝你們陪伴我走過人生轉折的歲月，也謝謝你們永駐我的青春記憶。

工作十年，致謝同事和朋友。

在畢業後的十年裡，我馬不停蹄地換了十幾份工作，接觸了很多人，認識了很多人，與不少人深交

過，與很多人相知過。

很多人只是人生中的過客，有的甚至未曾在腦海裡留下過音容笑貌，但依然感謝那些美麗短暫的邂逅，因為有你們，生活才那麼熱鬧。

也有一些人，大家一起合作過、暢飲過、飽餐過，即使如今已經銷聲匿跡，依然感謝那些溫馨的陪伴，感謝你們讓生命的畫面更加豐富。

還有一些人，大家深交過、暢談過、交心過，欣賞彼此的能力和人品，雖然如今天各一方不再時常相見，甚至鮮有聯繫，但相信彼此內心都有對方的位置，在彼此心裡留下了痕跡，說不定哪天重逢或者回想起，印象依然那麼深刻，感覺依然那麼親近。

當然還有一些人，仿佛大浪淘沙留下的金子，成為人生中彌足珍貴的摯友，時不時要打擾一下、打鬧一下、傾訴一下、聆聽一下、求助一下、督促一下，世界已經不能沒有你們的存在，你們的喜怒哀樂都是最美的風景，感謝你們的不離不棄！

正是有了同學、同事和朋友，才讓我在逆風飛翔中不那麼孤單無助！《逆風飛翔》即將出爐，感謝你們幫我一起譜寫的人生篇章！

李守智

國家圖書館出版品預行編目(CIP)資料

逆風飛翔 / 李守智 著. -- 第一版.
-- 臺北市：財經錢線文化出版：崧博發行, 2018.10
　面；　公分
ISBN 978-986-97059-4-3(平裝)

855　107017677

書　名：逆風飛翔
作　者：李守智 著
發行人：黃振庭
出版者：財經錢線文化事業有限公司
發行者：崧博出版事業有限公司
E-mail：sonbookservice@gmail.com
粉絲頁　　　　　　網　址：
地　址：台北市中正區延平南路六十一號五樓一室
8F.-815, No.61, Sec. 1, Chongqing S. Rd., Zhongzheng Dist., Taipei City 100, Taiwan (R.O.C.)
電　話：(02)2370-3310　傳　真：(02) 2370-3210
總經銷：紅螞蟻圖書有限公司
地　址：台北市內湖區舊宗路二段 121 巷 19 號
電　話：02-2795-3656　傳真：02-2795-4100　網址：
印　刷：京峯彩色印刷有限公司 (京峰數位)

　　本書版權為西南財經大學出版社所有授權崧博出版事業有限公司獨家發行電子書及繁體書繁體版。若有其他相關權利及授權需求請與本公司聯繫。
定價：400元
發行日期：2018 年 10 月第一版
◎ 本書以POD印製發行